KEITAI
SHOUSETSU
BUNKO
野いちご SINCE 2009

愛は溺死レベル

＊あいら＊

スターツ出版株式会社

イラスト／覡あおひ

平凡な生活を送っていた杏は
ある日突然、学園の黒王子に捕まっちゃって——!?

「嫌だって泣き喚いても
　逃がしてなんてあげないから」

他の男に目もくれないほど、俺色に染めてやる。

愛されすぎて困っちゃう!?
意地悪レベルも愛されレベルも史上最強ＭＡＸ！
この愛、回避不可能です。

【鈴森 杏】
　学園の癒し系アイドル。純粋で可愛い女の子
　　×
【皇　悠牙】
　眉目秀麗な意地悪会長。学園の王子様的存在。

俺の胸に閉じ込めて息ができないくらいキスしたい。
杏は俺の、な？

「まーたそんな可愛いことする。
　これ以上俺を虜にさせて、どうしたいの？」

＼胸キュン尽くしの溺死級ＬＯＶＥ／

contents

プロローグ　　　　　　　　　9

LEVEL.01 －捕獲－

「お前は今日から俺のもの」　14

「渡さないよ」　　　　　　　39

「あー……もう無理。可愛すぎ……」
　　　　　　　　　　　　　57

「このままずっと抱きしめてたい」
　　　　　　　　　　　　　69

LEVEL.02 －嫉妬－

「自分が可愛いってこと、もっと
自覚してよ」　　　　　　　86

「俺で、頭ん中いっぱいになって」
　　　　　　　　　　　　　92

「可愛げない彼女はいらない」　109

LEVEL.03 －溺愛－

「……俺になんか用？」　　120

「俺、この女と付き合ってもいい？」
　　　　　　　　　　　　　127

「……他の男になんて、渡さない」
　　　　　　　　　　　　　140

「無自覚って、ほんとタチ悪いな」
　　　　　　　　　　　　　158

LEVEL.04 －蜜愛－

「間違えたら、キス一回ね」 174

「ねぇ、キスしていい?」 189

「その顔反則。甘やかしたくなるでしょ」 202

「俺の言うこと聞けないの?」 218

「一生、俺だけのものでいてね」 229

「俺以外の男と2人にならないで」 243

「なんでそんなかわいーの?」 249

LEVEL.MAX －独占－

「調子狂うんだけど……」 260

「あーもう、おいで」 266

「……もしかして、俺のため?」 279

「運命、だったんだと思う」 292

「……その顔ダメだって。理性きかなくなるから」 304

【番外編】

約束のキス【side悠牙】 316

「杏が欲しいんだけど、ダメ?」 331

あとがき 340

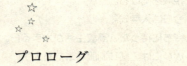

プロローグ

「——それではこれより、花美城学園高等学校の入学式をとり行います」

 真新しい制服を身にまとい、背筋を伸ばして進行のほうに視線を向ける。

 今日は入学式。

 待ちに待った、高校生活が始まる日。

 周りには、同じ制服を着た新入生。

 後方には、保護者や在校生の姿。

「次に、生徒会長挨拶——」

 式は順調に進んでいき、そろそろ終盤を迎える頃、今まで静寂に包まれていたホール内が、ある人物の登場によってざわついた。

 ……？

 みんな、目をキラキラさせてる。

 とくに、女の子たち。

 いったいどうしたんだろうと思い、私もみんなの視線を追った後、目を大きく見開いた。

 ——うわぁ。

「新入生の皆さん、ご入学おめでとうございます。生徒会長の皇悠牙です」

 女の子たちが、目をキラキラさせる理由がわかった。

 笑顔で話す、生徒会長さん。

 彼が、とても整った綺麗な顔をしていて、すごくかっこよかったから。

 みんな、釘付けになっている。

プロローグ >> 11

　あんなにかっこいい人、初めて見た。
　芸能人かと思ってしまうくらい、立ち居振る舞い全て絵になるようなかっこいい人。
　そういえば……。
　ふと、昔のことを思い出した。
　小学生の頃、すっごくかっこいい、仲良しのお友達がいた。
　近所に住んでいて毎日のように遊んでいたけど、突然引越してしまって……。
　もうその子の顔は思い出せないんだけど……どうして今頃、そんなこと思い出したんだろう？
　不思議に思いながら、私は生徒会長さんに目を向ける。
　すると、本当に、ほんの一瞬、生徒会長さんが、私のほうを見て、意味深な笑みを浮かべた……気がした。
　……っ、え？
　ち、違うよっ、気のせい気のせい！
　あんなかっこいい人が、私のことなんて見るはずない！
　勘違いしちゃって、恥ずかしい。
　それに、距離が離れているし、こんな大人数がそろうホール内。
　向こうは私の存在なんて、気づくはずがないのに……。
　なんだろう、今の。
　本当に、一瞬だったけれど。
　なぜかとても、そう、まるで……瞳で、捕らえられてしまったような気がしたんだ。

「――皆さんが1日も早くこの学園に慣れるよう、在校生一同、応援しています。
　以上をもちまして私からの歓迎(かんげい)の言葉とさせていただきます」
　生徒会長さんの挨拶が終わり、ホールは拍手で包まれる。
　私はなぜか、生徒会長さんの瞳が忘れられなくて、少しの間ぼーっとしてしまった。

LEVEL. 01
―捕獲―

「お前は今日から俺のもの」

　入学式からちょうど２ヶ月が経ったある日の昼休み。
「はぁ……どこかにいい男、転がってないかしら」
　教室でお弁当を食べながら、ため息をついた目の前の親友。
　私は親友、タズちゃんこと三宅田鶴子ちゃんの台詞に、１つの疑問が浮かんだ。
「あれ？　タズちゃん、彼氏いなかったっけ？」
　昨日、デートだからって早く帰っていったよね？
「もう飽きちゃったのよ。新しい男ができたらあんなヤツ、すぐ捨ててやるんだから」
　だるそうな顔できっぱりと言いきったタズちゃんに、開いた口が塞がらなくなった。
　あ、飽きちゃった？　す、捨てる？
　恋愛未経験の私には未知の世界……、聞くのも怖いのでこれ以上は突っ込まないことにしよう。
　タズちゃんは恋愛上級者って感じだもんね！
　いつも身だしなみはバッチリで、頭から爪の先まで完璧なタズちゃん。
　制服もオシャレに着こなしていて、雰囲気も大人っぽい。
　低身長でメイクも最低限しかしていない私は、いつもタズちゃんはすごいなぁと尊敬している。
　それ故か理想も高いタズちゃんは、いつも年上の人と付

き合っていた。
　といっても、私とタズちゃんは入学してから知り合ったので、仲良くなってまだ少ししか経っていない。
　その短い期間に、タズちゃんの彼氏は２回変わり、３人目と継続中にもかかわらず、新しい彼氏を募集しているらしい。
「ねぇタズちゃん……どうすれば付き合うってことになるの？」
　美人で頼れるタズちゃんがモテるのはわかるのだけど、付き合うってどういう感じなんだろう？
　憧れはあるものの、全然わからない。
　彼氏いない歴＝年齢の私には、付き合い方どころかお付き合いの始め方すら想像がつかないんだ。
　今まで一度だけ、人を好きになったことがある。
　相手は近所のお兄さんで、とても優しくてかっこいい人だったことは覚えている。
　でもそれも小学生の頃の話で、今はその人の顔も思い出せない。
　恋の記憶っていったら、本当にそれくらいだ。
　周りの友達が恋話をする中、私は聞くことはあっても話すネタを持ち合わせていなかった。
「どうすればって……普通よ普通。『あ、いいわねこいつ』と思ったヤツが、同じこと考えてたらもう恋なんて始まってるんじゃない？」
　タズちゃんの、ありがたーいお言葉に、うんうんと頷い

てはみるものの、いまいちよくわからない。
　なんだか、難しいな……。
「みんなそんな感じなのかな？」
「まあ、いろいろでしょ。……っていうかあたしなんかより、あの人見てたほうが参考になるんじゃない？」
　うーんと頭を傾ける私に、タズちゃんはある一点を指さしながらそう言った。
　あの人？
　言われた通りに視線を移すと、廊下に何やら人だかりができている。
　よく見ると女の子ばかり。
　なんだろう？
　騒がしい廊下に耳を澄ませば、途切れ途切れに聞こえた女の子たちの言葉。
「皇会長！　一緒にお昼食べませんか？」
「なに言ってんのよ１年のくせに！　会長はあたしたちと食べるの！」
「会長！　私も一緒に行っていいですか?!」
　な、何事っ!?
　みんな、誰かを中心に集まってる……？
　困惑しながらタズちゃんに解説を求めれば、興味なさそうに説明してくれた。
「あそこの暑苦しい人だかりの中心にいるのは、会長様よ。あんたも知ってるでしょ？」
　と見つめてきたタズちゃんに、首を縦に振る。

２ヶ月前の入学式で……見た。
　それはそれはかっこよくて、まさに"イケメン"という言葉がピッタリ合うその姿を鮮明に覚えている。
　その会長さんが、囲まれてるの？
「あの人、眉目秀麗で文句なしのハイスペック男だから、校内の女が寄ってたかって狙ってんのよ」
「そ、そうなんだ……」
「他校にもファンクラブがあるって話。まあ、あそこまでのイケメン滅多にいないわよね～、あたしはタイプじゃないけど」
　ファ、ファンクラブ……会長さんって、そんなにモテるんだ……。
「あの人なら恋愛も百戦錬磨でしょ？　……でも、そういえば女関係の噂、一度も聞いたことないのよね……」
「……？　どういうこと？」
「あたしも詳しいことは知らないんだけど……彼女作らないって噂、聞いたことあるわ」
　へぇ……そうなんだ。
　何か、理由でもあるのかな……？
「あれだけモテモテなのに、どうして恋人作らないんだろう？」
「……その言葉、そっくりそのままあんたに返すわ」
「え？」
「何キョトンとしてんのよ……自分の顔鏡で見てきなさい！」

「わ、私、そんなに変な顔してるっ……？」
「……無自覚も、ここまでくると病気よね」
　ため息まじりにそう呟いたタズちゃんに、私は首を傾げた。
　何言ってるんだろう……変なの、タズちゃん……。
　それより、会長さんはどうして１年の教室にいるのかな？
　３年生のはずだよね……？
「そういえば杏、お茶買いに行かなくていいの？」
「あっ……忘れてた……！」
　タズちゃんの言葉で、水筒を忘れてしまったことを思い出した。
「ちょっと行ってくるね！」
　早く買いに行かないと、たまに売りきれてるときあるからっ……！
　私は購買へ行こうと席を立った。
　うわ……どうしよう、通れない……。
　狭い廊下には、会長さんに集まる女の子たちがいて、通れそうにない。
　うーん……別の道から行こうかな……でも、遠回りになっちゃうし、掻い潜っていけないかな……？
　ピョンピョンと飛び跳ねて、人だかりの先を確認。
　うぅ、無理そう……もう今日はお茶はいいや……。
　肩を落としていると、背後から誰かに頭をぽんっと叩かれた。

振り返れば、クラスメイトの翔くんの姿。
「何してんの？　杏ちゃん」
　しょ、翔くん！
　翔くんは、優しくて頭もよくて運動もできて……まさに王子様みたいな人。
　綺麗なプラチナブロンドの髪に、優しいブラウンの瞳。身長も高く、スタイルもいい。
　会長さんが王子様という呼び名を既にものにしているため、翔くんにはその名がつくことはなかったけれど、会長さんがいなかったら、間違いなく翔くんのものだったに違いない。
　眩しい翔くんの笑顔に、口の端を下げる。
「お茶をね、諦めたの……」
「お茶を諦めた？　何それ？」
　おかしそうにする翔くんに、むっと唇を尖らせた。
　ど、どうして笑うの？
「あー、面白い。本当そういう天然なところも可愛い」
「て、天然？　か、可愛いって、翔くん目がおかしいの？」
　私にそんなことを言うなんて……大変！
　眼科に行かなきゃ……末期だよ！
　心配になって顔をじっと見つめれば、翔くんの顔がほんのり桃色に染まり始めた。
　翔くんってば、目が悪い次は風邪まで……！
「顔赤いよ？　しんどいの？」
「いや、違うから。大丈夫。だからそんな見つめないで」

「無自覚って本当怖い」とまたしても謎の発言をした翔くんが心配になり、熱があるか確認しようと額に手を伸ばしたときだった。
　会長さんのもとに集まっていた女の子の1人と、ぶつかってしまったのは。
　え？
　反応するのが遅く、後ろに倒れそうになる私。
　こ、転けちゃうっ……！
　痛みを覚悟して、目をキツくつむった。
　けれど、予想していた痛みは来ず、その代わりに、柔らかい何かに包まれる。
　転け、て、ない？
　思わず顔を上げれば、目の前に知った顔があった。
　そう、入学式に一度だけ見た……会長さんの顔が。
　驚いて声が出ない私に、爽やかな笑顔が向けられる。
　その姿を見て、彼が王子様と呼ばれていることに納得した。
「大丈夫？」
　声すらも素敵で、この人は現実の人なのだろうかと疑いたくなった。
　薄いグレーの、ミディアムショート。髪はさらさらのストレートで毛先だけ程よくパーマがかかっている。
　瞳の色は透き通るような水色で、睫毛も長く、綺麗に通った鼻筋とともに影を作っていた。
　女の子が、惚れてしまうのも無理はない。

芸能人でも、こんなに整った容姿の人は滅多にいないだろう。
　って、私ってば会長さんに体重かけたまま！
　忘れていたけれど、今は倒れそうになった私を、会長さんが支えてくれる体勢になっていた。
　軽く抱きしめられるような感覚になり、慌てて離れ、対面するかたちで頭を下げる。
「す、すみません！　ありがとうございます！」
　お、女の子がみんな睨んでるよっ……。
　きっと、会長さんにもたれてんじゃないわよ、重たいでしょ！という目だろう。
　たくさんの視線に耐えきれず、顔を上げられない。
　と、とりあえず、この場から逃げ出そう！
　そう思って、一歩後ずさる。
　けれど、もうこのときの私は遅かったのだ。
「……相変わらず可愛い」
　心なしか、先程よりも低い会長さんの声が通る。
　え？
　顔を上げると、会長さんは私の顎を綺麗な指で持ち上げて、静かに見つめてきた。
　――あ。
　この、感覚。
　私は知ってる。
　入学式のとき、一瞬会長さんと目が合った気がした。
　そのときと、同じ感覚……。

瞳で、捕らわれる。
　会長さんはそのまま、私の顔に自分の顔を近づけてきた。
　15センチ、10センチ、5センチ……と、会長さんとの距離が近づいていることに、このときの私はぼーっとしていて気づかなくて……。
　はっと我に返ったのは——。
「ねぇ、俺の彼女になって」
　——会長さんとの距離が、0センチになったとき。
　……え？　待って。
　私今……キス、されてる？
　——キス!?!?!?
「「「「いやぁーー!!!!」」」」
　きっとこの場にいる中で、最も叫びたい心情でいるのは私のはずなのに、周りの女の子たちから悲鳴があがった。
　私は急いで会長さんの胸を押して離れると、唇をゴシゴシと擦る。
「っ……な、何、するんです、かっ……！」
　ひ、ひどいっ……。
　見ず知らずの私に、突然こんなことするなんて……なんて軽い人なんだろう。
　思わず涙がじわっと溢れ出して、視界が滲む。
「あれ？　嫌だった？」
「嫌に……決まってますっ……」
「あーあ、泣いちゃった……ごめんね。おいで」
　妖しい笑みをその顔に浮かべ、私の手を引いた会長さん。

突然のことで抵抗する暇もなく、あっさりと捕まった私は、そのままお姫様抱っこされてしまった。
　だ、抱っこ！
　や、やだ！　恥ずかしいよ……！
　もういったい、さっきから何が起こっているのやら。
　会長さんは私を抱っこしたまま、どこかへ向かい出す始末。
「お、下ろしてくださいっ……」
「だーめ、逃がしてあげない」
　ジタバタ抵抗しても、会長さんは楽しそうに口角を上げるだけ。
　まるで、嫌がっている私の姿を楽しんでいるようで……。
　会長さん目当ての女の子たちや、急速に集まり始めたギャラリーを掻き分けながら、歩みを止めない会長さん。
　この場にいる全ての人の視線を集めている、といっても過言ではない状況にいたたまれなくなって、会長さんの肩に顔を埋めた。
　それは、少しでも顔を見られたくないという一心からだったのに……。
「なーに可愛いことしてんの？」
「な、何言ってるんですかっ」
「杏も早く２人きりになりたいの？　じゃ、ちょっと急ごっか？」
　変な誤解をして勝手に話を進める会長さんに反論しよう

と思ったけれど、私は1つ引っかかったことがあり、目が点になる。

杏って……言った？

ど、どうして私の名前、知ってるの？

言葉通り、少し早足になった会長さん。

どれだけ抵抗しても、放してくれる素振りはなく、結局私は生徒会室という表札の掛かった教室に連れてこられてしまった。

高級そうなソファの上にやっと下ろされる。

「こ、こんなところに連れてきて、な、なんでございましょうかっ……」

状況がわからないのと会長さんとの距離が近いことで私の脳がパニックを引き起こし、変な敬語を口にしてしまう。

会長さんは面白そうに笑って、私の隣に腰を下ろした。

ど、どうして隣に座るんですかっ……。

「2人っきりになってすることって、1つしかないでしょ？」

「な、か、会長さんっ……！」

1つしか、の具体的な意味はわからずとも、イケナイことだというのは予想がつく。

グイッと顔を近づけてくる会長さんから反射的に仰け反って逃げるも、再び距離を詰められた。

これ以上腹筋に力が入らなくて、フワッとソファに寝転ぶ状態になってしまう。

一方の会長さんはというと、そんな私に覆い被さる体勢

に。
　ま、ままま待ってっ……ダ、ダメダメ……！
　先程キスをされたことから、会長さんの危険度はMAXレベルだと警戒している私の身体。
「イ、イケナイことは、しちゃダメですっ……！」
　顔を腕で隠し、これ以上会長さんが近づけないようにガードする。
「イケナイことって？」
「そ、それは……」
「言ってくれないとわかんないでしょ？」
　それはそれは楽しそうに口角を上げながら、ニヤリと私を見つめる会長さん。
　や、やだぁっ……誰か助けて……。
　周りには誰もいないのに、思わずそんなことを叫んでしまいそうになる。
　逃げ場もなく、成す術もない。
　会長さんは私の言葉を待っている様子だった。
　何を言わせようとしてるんだろう。
　イ、イケナイことはイケナイことで……そんな、恥ずかしくて言えない……。
　ついに我慢していた涙が溢れ出して、私は目を擦った。
「あーあ、泣いちゃった」
　だ、誰のせいだと思って……。
　目を擦る私の手を止め、綺麗な指先で涙を拭い出す会長さん。

驚いて会長さんを見つめると、瞳に優しさを宿して私を見つめていた。
　　会長、さん？
「かーわい……、ごめんね」
　　反抗しようと思っていたのに、会長さんがあまりに愛しそうに私を見つめるので言葉が出てこない。
「何もしないよ、今は。だから怖がらないで」
　　会長さんはそのまま私の頭を撫で、優しく笑った。
　　ど、どうして……そんな目で見るの？
　　黙って見つめ返すと、突然頬に会長さんの唇が触れた。
　　ほ、ほっぺにキス、されたっ……！
　　な、何もしないって言ってたのに……！
「か、からかうの、やめて、くださいっ……」
「ごめん、あまりにも可愛いからいじめたくなっちゃって」
「何、言って……意味わからないです……」
　　あまり悪気がなさそうなので、私は頬を膨らませ、"怒っています" とアピールする。
「ふっ、杏はわからなくていーよ」
　　もう、ほんとに意味がわからないよ……っ。
　　この状況も、会長さんの行動もっ……。
　　会長さんの態度に困り果てながら、先程から気になっていたことが１つ。
「あの、どうして私の名前を……？」
　　会長さんはさっきから私のことを名前で呼んでいるけど、私が名乗った記憶はない。

それに、会長さんとこうして話すのは初めてで……私の名前を知っているはずがないのに。
　そもそも会長さんみたいな有名人が、私の存在を知っていたとも思えないし……どうしてなんだろう？
　じーっと見つめると、一瞬困惑した表情を垣間見せた会長さんは、うなじを隠すように首に手を当て視線を下にやった。
　その姿に、首を傾げる。
「んー……あー、それはー……」
　……？　そんなに言いにくい理由があるのかな……？
「そうだな。生徒会長だから生徒の顔と名前は全員覚えてます、とか？」
　会長さんから出てきたのは、普通の理由だった。
　そんなに言いづらそうにすること……？
「……そう、だったんですね……」
「あれ？　信じちゃうんだ。素直すぎるでしょ」
「え？」
「なんでもないよ」
　納得して謎が解けたにもかかわらず、意味深な発言をする会長さん。
　な、なんだか変な人……。
　とりあえず、教室に戻らせてほしい……。
　男の人と２人きり、こんな状況気まずいし、何よりこの人と一緒にいるのは危険な気がするっ……。
「あ、あの、帰ってもいいですか？」

「なんで？」
　私の言葉に、会長さんは不思議そうに目線を合わせてきた。
「なんでと言われても……いる理由がないので……」
　さ、察してください……。
「杏は俺の彼女なんだから、理由なんていらないでしょ？」
「か、彼女……!?」
　まだそんなことを言っているのかと、思わず大きな声が出た。
　それに対しても、会長さんは相変わらず不思議そうな表情。
「さっき言ったじゃん。俺の彼女になってって。杏はおバカさんなの……？」
　クスッと笑われて、なんだか恥ずかしくなった。
　だ、だって、彼女なんて……。
「ほ、本気で言ってるんですか……!?」
「当ったり前」
「そ、そんなのダメですよ」
「何がダメなの？」
「わ、私も会長さんも、好き同士じゃないので無理です！」
　普通、好きな人同士が付き合うものでしょうっ……？
　私、初めてのお付き合いは……大好きな人と、って決めてるもん……！
　こんなまだ会ったばっかりの、突然キスしてくるような人となんて……い、嫌だっ……。

ファーストキスだったのに……。
　必死になって抵抗する私に、会長さんは再びクスッと笑う。
　そして、意味のわからない発言をした。
「俺は杏が好きだから大丈夫」
　な、なんだかこの人……軽い……？
　そう思ったとき、私はタズちゃんの言葉を思い出した。
『あたしも詳しいことは知らないんだけど……彼女作らないって噂、聞いたことあるわ』
　その噂が本当なら……彼女になれなんて言わないよね？
　好き、なんて、簡単に言わないはずっ……
「す、好きって、会ったばかりですよ……!?」
「んー……。一目惚れしたってことで」
「嘘ばっかりつかないでください……」
「あれ、バレた？」
「当たり前です！」
「でも、俺は杏が好き」
　そう言った会長さんの目は、驚くほどに真剣だった。
　どうしてそんなことを言うのか、そしてその瞳に秘められた意味がわからない。
　まるで、本当に慕われているような感覚にさえ陥って、思わず息を呑む。
「だから俺は杏を彼女にする」
　しかし、すぐにその表情は一変し、会長さんは意味深な笑みを浮かべた。

び、びっくりしたっ……。
　さっきの顔、なんだったの……？
「どう、して……私なんかを好き、なんですか？」
　どうしても理由がわからなくて、自意識過剰かなと思いながらも、聞いてみた。
「杏が俺のことを好きって言えば、教えてあげる」
　……なっ、何それ……！
「い、言えませんそんなこと……」
　だいいち、私は会長さんのこと、好きじゃありませんからっ……！
　心の中でそう叫んで、下唇をぎゅっと噛みしめる。
　会長さんは、少しつまらなそうな表情をして、口を開いた。
「あっそ。今はいいよ、それでも。いつか絶対に言わせてやるから」
　いったい、その自信がどこから来るものなのか……この人、話が通じないよぉ……。
　どうしたものかと頭を抱える私の心情なんて知る由もないのだろう。
　会長さんは、頭にぽんっと手を乗せてくる。
　驚いて顔を上げると、視線が交わって、にっこりと微笑まれた。
「今日からよろしくね、俺の彼女」
　綺麗な笑顔に、ドキッと胸が高鳴る。
　……って、よろしくじゃないですってば……！

「だから、彼女になんてなりませんっ……！」
「杏に拒否権あると思ってんの？」
　……え？
「俺がちょっと泣きつけば、杏はどうなっちゃうんだろうなぁ？　……2、3年の女たちに『鈴森杏が無理やりキスしてきた』とか言った日には、楽しーい高校生活が台無しだね？」

　唇の端を上げて、悪そうな笑みを浮かべた会長さん。
　その表情と発言に、血の気がサーッと引いた。
　こ、この人……鬼だっ……。
「わ、私そんなことしてないですっ……ひどい……」
「で、俺と付き合うよね？」
　有無を言わせないとばかりに笑顔を向けられて、私は頷くしかなかった。
　会長さんに変な噂を立てられたら……お、女の子みんな敵に回してしまいそう……っ。
　それだけは、嫌だっ……。
　頷いた私に、会長さんは満足げな顔。
「ん、いい子」
　愛おしそうな表情で優しく頭を撫でられて、またしてもドキリと心臓が音をたてた。
　さんざん無茶ばっかり言ってたのに、急に優しくするの、ズルい。
　うぅっ……頭を撫でられたくらいでときめいちゃった自分が情けない……。

「杏」
　自己嫌悪に陥っていると、急に名前を呼ばれて、顎をつかまれた。
　クイッと顎を持ち上げられ、目線を向けさせられる。
　真剣な眼差しで見つめられ、水色の瞳が、私だけを映す。
「お前は今日から俺のものだから、他の男と遊んだりするの、禁止だよ。浮気とかしたら……俺、その相手に何するかわからないからね？」
　冗談にはとれない口調に、意味がわからなくて唇を噛む。
　そんなこと、言われても……。
「浮気って……それ以前に、こんなの変ですよ」
「ん？　何が変なの？」
「付き合うって、もっとこう……恋愛してから……じゃ、ないんですか……？」
　根本的に、お付き合いを始める経緯から間違っているんじゃ……？
　それとも、私が恋愛に夢を持ちすぎてるだけ……？
　タズちゃんも、軽い感覚でいいって言ってたけど……。
「恋愛、ね……」
　何やら、考えるような仕草をする会長さん。
「別にそれって、付き合ってからでもよくない？」
　あっけらかんとして言う姿に、私はポカンと口を開けてしまう。
　こ、この人、ほんとに……か、軽い。

「……杏がそこにこだわるなら、今日からしよっか?」
「今日、から?」
「俺と、恋愛」
「ど、どういうことですか……?」
「早速今日の放課後、デートしよう」
　　……へ?
　　待って待って……もう、あまりの急展開に、ついていけませんっ……。
　　ダメだ……ペースを乱されすぎて、もう私にこの人は止められない……っ。
「あの、会長さん……私の話、聞いてましたか……?」
「ん? デートするってことでいいでしょ? 杏の好きなとこ行こうか。どこに行きたいか考えて」
「いや、そうじゃなくて会長さ——」
「悠牙」
　　私の言葉を遮るように、そう言った会長さん。
「彼女なんだから名前で呼んでよ。ね?」
　　か、彼女なんだからって、不本意なのに……。
　　突然呼び捨てなんて、できるわけないっ……!
「む、無理ですっ」
「無理じゃないでしょ、ほら、呼んで?」
　　嫌だと拒否した私に、会長さんはにっこりと微笑んでくる。
　　なんだか絆されそうになってしまう笑顔に、意志の弱い私が抵抗できるはずもなく……。

「……ぁ、ぅ……せん、ぱい……」
　こ、この人、本当にズルい……っ。
　さすがに名前は恥ずかしすぎるので、精いっぱい声を振り絞ってそう呼べば、会長さん……もとい先輩は、何やらとても満足そうな顔。
「かわい……」
　私の髪をくるくるといじりながらそう言われて、頬がボボッと熱くなった。
「先輩って、全然恋人っぽくないけど……ま、会長さんよりはマシだから、今はそれで許してあげる」
　やけに"今は"を強調する言い方。
　でも、機嫌を損ねるようなことにはならなかったみたいで、ご機嫌な先輩にほっと胸を撫で下ろした。
　この流れで、ここから逃げよう……！
　そう思ったとき、昼休みの終了を告げるチャイムが鳴る。
　なんていいタイミング……！
　思わずガッツポーズをしてしまいそうになった私とは裏腹に、先輩は残念そうに肩を落とした。
「あーあ、鳴っちゃった」
「……せ、先輩っ……！　早く戻ら、ないと……もうすぐ5限目始まっちゃいますよ……？」
　ね？　だから、教室に戻りましょうっ……！
　先輩から逃げたい一心で、じっと見つめた。
「……離れたくない……」
「……え？」

な、何……？

どうして、そんな……。

寂しそうな顔、するんですか……？

意地悪な言葉を並べて私を惑わせたかと思えば、急にそんなしおらしい顔……ほ、ほんとにズルい……。

そんな顔されると、どうしていいか、わからなくなるっ。

先輩は、本当に私のこと……。

……いやいや、それはないよ!!

うん、断じてない!!

だって今日会ったばかりだし、先輩自分勝手だし、ひどいことばっかり言うし……。

好きなんて……ない、よ……。

「……さ、教室戻ろうか。行こう、杏」

優しい微笑みを浮かべた先輩に手を差し伸べられたので、素直にその手を取った。

生徒会室を出ると、先輩は迷うことなくある方向へと進んでいく。

「あ、あの、先輩……？」

「ん？」

「こっちは１年の階じゃ……」

「うん。彼女を送っていくのは当たり前でしょ？」

３年生の先輩が、どうしてこっちへ向かってるんだろうと思ったら……。

「私、１人で大丈──」

「そんなこと言う口は、塞いじゃうけどいいの？」

授業開始まであと５分しかないし、私を送っていったら先輩が間に合わなくなる……そう思って断ろうとした私に、返ってきた台詞。
　なっ……また、そんなこと言う……っ。
「ん、わかればいいよ」
　黙り込んだ私に、先輩はご満悦。
　結局、きっちりと教室まで送ってくれた先輩。
　廊下を歩いている間、すれ違う生徒からの視線が痛かった。
「それじゃーね。放課後迎えに行くから」
「……え？　い、いいですよ、迎えに来ていただかなくもっ……！」
「おとなしく待っててね。バイバイ、杏」
　そう言って、嵐のように去っていった先輩。
　その後ろ姿を見ながら、私は太刀打ちできない悔しさに下唇を噛みしめた。
　うっ……なんだか、流されっぱなしだった……私のバカ。
　結局付き合うことになっちゃったみたいだし、放課後デートっていうのも、本気で言ってるのかな……？　なんにせよ、疲労感がひどい……。
　心なしかおぼつかない足取りで、教室に入る。
「杏!!」
　……タズちゃん？
　教室に入るやいなや、心配した面持ちのタズちゃんが、私に飛びついてきた。

「大丈夫!? 会長に連れていかれたんでしょ!? っていうかキスされたってほんとなの!?」
　私の顔を両手でつかんで、そう聞いてくるタズちゃん。
　うっ、うぅっ……。
「……タ、タズちゃぁぁん……っ」
　タズちゃんの身体に、ぎゅうっとしがみついて泣いた。
　キ、キスされましたっ……しかも彼女にされちゃったっ。
「杏ちゃんっ……！」
「翔くん……」
「大丈夫？　心配したよ……！　あの会長、急に女の子にキスするなんて、どうかしてる……っ」
　そ、そうだっ、みんなの前でキスされたから、翔くんにも見られてたんだ……っ。
　もう、家に帰りたい……。
　タズちゃんと翔くんにも心配かけて……申し訳ない。
「ごめんね２人とも……ありがとう」
　いい友達を持ったなぁ、と、今度は温かい涙がほろり。
「ほんとに心配したんだから……！　いったい何があったの？」
「う、うぅっ……」
　な、なんて説明すればいいんだろう……自分でもよくわからなくて、下唇をぎゅっと噛む。
　タズちゃんと翔くんはそんな私を心配そうに見つめていて、私はとりあえず、簡潔に結論を伝えることにした。
「私……先輩と、付き合うことになっちゃったっ……」

その言葉の後に、少しの沈黙が流れる。
　それを破ったのは……。
「「は!?」」
　タズちゃんと翔くんの、ありえないとでも言わんばかりの大きな声だった。
「は!?　あの会長と杏が!?」
「ど、どういうことなの杏ちゃん……っ!?」
　……それは、私が一番聞きたいです……。
　弁明しようと口を開いたとき、私の声を遮るように、授業開始を知らせるチャイムの音が鳴り響いたのだった。

「渡さないよ」

「杏!!」
「杏ちゃん!!」
「「さっきのどういう意味!?」」
　５限目が終わったとほぼ同時。
　タズちゃんと翔くんは息ピッタリに声を合わせ、私の席へとやってきた。
　２人の迫力(はくりょく)に、額に冷や汗を垂らし、あはは……と苦笑いを添える。
「えっと……私もよく、わからなくて……」
　急に生徒会室に連れていかれて、今日から俺の彼女ねって言われて……もう、何がなんだか……。
「わからないって何!?　わからないのに付き合ってるの!?」
「やっぱりあの男に脅(おど)されたんじゃ……っ、許せないな！」
　歯を食いしばり、おぞましいオーラを出すタズちゃんと翔くん。
　そうです、まさに脅されました……と言うのはさすがに気が引けて、再び苦笑いを浮かべた。
「あたしが生徒会長をぎゃふんと言わせてやるわ!!　っていうかあの人、恋人作らないんじゃなかったの!?　杏のあまりの可愛さにコロッとやられちゃったわけ!?　それにしてもこんな強引なやり方……許せないっ」
「安心してね、杏ちゃん。僕たちが守ってあげるから」

なんだか、瞳の奥に炎を灯している２人。
「え、ええっと……ありが、とう……」
　心配してくれているみたいなので、素直にお礼を言った。
　はぁ……本当に、どうなっちゃうんだろう。
　放課後、ＨＲ(ホームルーム)が終わったら、急いで帰ろうかな……先輩、迎えに来るって言ってたし、その前に帰ろう。
　このときの私は、まだ自分の置かれた状況を理解していなかった。
　私は既に……先輩の手のひらの上で転がされているのだと、気づきもせず……。

　放課後を告げるチャイムが鳴って、ＨＲを行うため担任の先生が教室に入ってくる。
　私は、帰る支度を万全に済ませていた。
　よし……ＨＲが終わったら、教室の後ろの扉(とびら)から駆(か)け出して……って、あれ？
　……せん、ぱい？
「きゃーっ！　どうして会長がうちのクラスに……!?」
「皇会長ー！　かっこよすぎっ！」
　クラスの女の子たちが、目をハートにして一点を見つめている。
　私はというと、ポカンと間抜(まぬ)けな表情をしながら、教室の後ろ扉を見ていた。
　く、来るのが、早すぎますっ……。
　少し開いている扉にもたれかかりながら、笑顔で私に手

を振ってくる先輩。

　私の逃走計画は、実行する前から失敗が決まった。
「それでは、さようなら。気をつけて帰るように」
　先生の言葉に、みんなぞろぞろと席を立ち上がって教室を出ていく。
　私は、いつもより重く感じるカバンを肩に掛けながら、おとなしく先輩のもとへと歩いた。
　こうなればもう……直接お断りするしかない。
「杏、迎えに来たよ」
　先輩の笑顔に、思わず視線を下げる。
「えっと、あの――」
「すみません」
　……え？
「杏ちゃん、嫌がってるんじゃないですか？」
　翔、くん？
　背後から、スッと現れて、私と先輩の間に入ってくれた翔くん。
「よっ！　行け！　翔っち!!」
　タズちゃんは、後ろで翔くんを応援するように拳を掲げている。
　翔くん、もしかして……。
　助けて、くれたの……？
　キュンッと、胸が高鳴った。
「……何？　君誰？」
　翔くんを睨みつけながら、不機嫌丸出しの先輩。

翔くんも、先輩の視線に怯まず、２人の間に険悪なムードが流れている。
「僕は、杏ちゃんの友人です」
「へー……友人？」
　先輩が、バカにしたように鼻で笑った。
「俺、杏の彼氏なの。お友達は黙っててくれない？」
「それは、杏ちゃんの同意あっての交際ですか？　僕には、彼女があなたに好意を持っているようには見えませんけど」
　え、ええっと……。
　どうして、こんなことになってるんだっけ……？
　２人の口論はヒートアップし、睨み合っている先輩と翔くん。
「そんなの、これからどうにでもするよ」
　自信たっぷりに微笑んだ先輩に対して、翔くんは悔しそうに歯を食いしばっていた。
「……っ、あなたみたいないい加減な人に、杏ちゃんは」
「で？」
「……え？」
「つまり君は……俺とライバルになるってこと？」
　ライ、バル？
　先輩と翔くん、が？
　いったい、なんのライバル……？
「……はい。そうとっていただいて構いません」
「ふーん……なるほどね」

な、何がなるほどなの？
「やだっ！　翔っちって意外と男らしいじゃない！」
　なぜかさっきまで黙って２人を見守っていたタズちゃんも、興奮した様子で口角をつり上げている。
　わかってないの、私だけ……？
　１人置いてけぼりの私は、２人を交互に見つめた。
　すると、突然先輩に腕をつかまれ、引き寄せられる。
　あっという間に抱きしめられて、私は先輩の腕の中。
　女の子たちから「「「きゃあああー!!」」」という悲鳴があがった。
　な、なっ……なんでっ……！
　どうして私、抱きしめられてるのーっ……！
「渡さないよ、杏は」
　先輩ってば、なに言って……！
「この子は俺の。君の出る幕はない。……じゃーね」
　先輩の珍行動に、頭がついていかない。
　もう頭の中は軽いパニック状態だというのに、先輩は私のことなんてお構いなし。
　私の手を握って、教室を出ようと歩き出す。
「ちょっと！　まだ話は終わって——」
「杏、行こ」
　翔くんの言葉を無視して、私に微笑んでくる先輩。
「え、せ、先輩っ……どこに……っ」
「言ったでしょ。デート。行くよ」
「えぇっ……!?」

ほ、ほんとに行くつもりなのっ……!?
　繋(つな)がれた手を振りほどく力もなく、私は先輩に引きずられるようにして教室を出た。

「せ、先輩っ……！」
「……」
「……先輩？」
「……」
「あ、あの……何か、怒ってますか……？」
　スタスタと、黙ったまま進んでいく先輩。……相変わらず、手は握ったまま。
「うん、怒ってる」
「ど、どうして……？」
　何やらイライラしている様子で、不機嫌なオーラを垂れ流している先輩。
　怒る理由がわからなくて聞いているのに、何も言ってくれない先輩に、なんだか悲しい気持ちになった。
　２、３分ほど歩いて、突然ピタリと足を止めた先輩。
　くるりと私のほうへ振り返り、頬に手を添えられた。
　……えっ？
「そんな顔しないで。別に、杏に怒ってるんじゃないから」
　先輩は、私を安心させるように、穏(おだ)やかな笑みを浮かべていた。
　せん、ぱい？
　怒ってたと思ったら、急にそんな優しい顔したり……先

輩、よくわからないっ……。
　でも、その笑顔は、反則です……。
「まぁいいや。あんな男のことは放っておいて、デートデート」
「あんな男……?　って、デートって本気ですかっ……?」
「うん、当たり前」
　じょ、冗談じゃなかったんだ……。
　再び手を握ったまま歩き出した先輩に、私はもう抵抗する力を失い、おとなしくついていく。
　学校の正門を出て、少し歩いたところに止まっていた車の前で、先輩は立ち止まった。
「ん、乗って」
　……え?
「乗ってって……え?　何に、ですか?」
「何にって、この車」
　……せ、先輩……この高級車、まさか……先輩の車なの!?
「ほーら、早く」
「っ、きゃあっ……!」
　驚きのあまり固まった私を、先輩があろうことか抱き上げてきた。
　そして私を横抱きにしたまま、先輩は平然と高級車へ乗り込む。
　白で統一された、広々とした車内に、私は目を見張った。
「とりあえず、出して」
　先輩が運転手さんに声をかける。

といっても、後部座席からは運転席が死角になっているため、運転手さんの姿は見えない。
　先輩……お金持ちの、息子さんなんだっ……。
　先輩の隣に座らせられた私は、キョロキョロと車内を見渡した。
　ひ、広い……座り心地もすごくいい……ほんとに、こんな車あるんだぁ……。
　……って、そうじゃなくて！
　私、なに平然と車に乗せられてるの……！
　か、帰るつもりだったのに……うぅ。
「杏、どこ行きたい？」
　デートをする気満々なのか、先輩が、笑顔で聞いてくる。
「行きたいところなんて、ないです……」
「えー？　デートしたいって言ったの杏でしょ」
「い、言ってないです……！　私はただ、付き合うとかそういうのは、恋愛を経てから始めたほうがいいって言っただけで……」
　というより、まず先輩とお付き合いするつもりもありませんっ……！
　どこへ向かっているのかわからない車に揺られながら、唇を尖らせる。
「杏はワガママだなぁ……」
「せ、先輩が勝手すぎるんですっ……！」
　ほんと強引すぎるにも、ほどがあるよっ……！
　フンッと先輩から目を背けて、車窓を眺めていると、あ

るポスターが目に入った。
「あっ……」
　あの映画、公開が始まったんだ……。
　観たいと思っていた、ラブストーリーの宣伝ポスター。
　ちょうど今日から公開らしく、見つめ合うカップルが写ったポスターをぼうっと眺めた。
　じつは映画鑑賞が趣味で、とくに恋愛映画はたしなみの域を超えるほどよく観ている。
「何、映画観たいの？」
　そんなに凝視してしまっていたのか、先輩が不思議そうに聞いてくる。
　私は、慌てて首を振った。
「ち、違いますっ……！」
「ふーん。……あ、そこに停めて」
「せ、先輩っ……？」
　運転手さんに、車を停めるよう指示を出す先輩。
　車は映画館の前にゆっくりと停車し、先輩は私の手を取って、車から降りた。
　えっ、えっ……？
　そのままスタスタと、映画館に入っていく先輩。
「どれが観たいんだっけ？」
　チケットカウンター前の『公開中映画一覧』と書かれた場所で、先輩は私のほうを見た。
「い、いいです……！　観ません！　帰りますっ……！」
「いいじゃん。俺も久しぶりに映画観たいし、どれ？」

も、もう、この人暴君すぎる……。
　ダメだ、こっちが折れないと、絶対に折れてくれなさそう……。
　せっかくだし、映画だけ観て帰ろう……。
　………あ。
　そうだ……いいこと、思いついた……！
「先輩、私これ観たいです」
　とあるポスターを指さして、私はそう言った。
「サイコパスホラー……？　へぇ、意外な選択」
　ふふっ、驚いてる驚いてるっ……！
「わ、私、こういうえげつない作品が好きなんですよっ！」
　ここはひとつ、幻滅させよう作戦だ……！
「血が飛び出たりするのが、だ、大好きでっ……！」
　先輩が引くような発言をして、嫌われたらいいんだ！
　なんだこの女って思ったら、先輩ももう私とは関わらないでおこうと思うだろう。
　ほ、ほんとは、ホラーとかすっごく苦手、だけど……。
　こ、これで先輩も、デートなんて切り上げて帰ろうってなるはずだ……！
「殺人鬼ものとか、さ、最高ですよねっ……！」
「ふーん。いいよ、観よう」
　……っ。
　あ、あれ……？
「……ほ、ほんとに？」
「うん、観たいんでしょ？」

「……は、はい……」
　顔色1つ変えず、むしろ楽しそうに笑みすら浮かべている先輩。
　私、結構過激な発言したと思うんだけどなっ……。
「これのチケット2枚、お願いします。あ、座席の種類はこっちで」
　ほ、ほんとに観るの……!?
　さっと財布を出して、チケットを購入する先輩に、慌ててカバンを開いた。
「せ、先輩、お金払います……！」
「いいって」
　奢ってもらうなんて、そんなのできない……というより、嫌だっ……！
　な、なんだか、借りができたみたいだもんっ……！
「払わせてくださいっ……」
　財布を開いた私の腕を、先輩の手がつかんだ。
「デートでは、女の子は財布出さないの。これ常識」
　そ、そう、なの……？
　……って、デートじゃないもんっ……！
「で、でも……」
「はいはい。映画始まるから行こう」
「せ、先輩っ……！」
「杏、何か飲み物とか食べ物いらない？」
「え？　……いえ、いりません……」
「ん、じゃあ行こう」

笑顔の先輩に、私はもう、嫌だとは言えなかった。
　ど、どうし、ようっ……。
　意を決して、シアターに入る。
　そして私は、大きな違和感に気づいた。
「杏、何してるの？　早く座りなよ」
「座りなよって……な、なんですかこの席……っ」
「何って、カップルシート」
　カ、カップルシート……!?
　先輩が指定した席は、どうやらそういう名前のものらしい。
　ソファのような席で、２人並んで座る仕様になっている。
「や、やですこんな席!!」
「嫌って言われても、もう買っちゃったし。っていうか映画始まるから、早く座るよ」
　半ば無理やり。手を強引に引かれて、先輩の隣に座らせられた。
　もう……ほんとに何もかも強引すぎるよ……って、予告編始まっちゃった。
　画面に、公開予定の映画の予告映像が流れる。
　予告からもう、無理です……っ。
　今回観る映画の関連作品……すなわちホラーやスプラッタものの予告が流れるため、流れる映像は目を背けたくなるようなものばかり。
「……ひっ」
　大きなサウンドとともに、画面一面に映し出されたゾン

ビの顔。
　冗談抜きに心臓が一瞬止まった気がして、私は身を縮こませました。
「あれ？　こういうえげつないのが好きなんじゃなかったの?」
　隣の先輩が、ニヤリと口角を上げて、私を見てくる。
　こ、この人……まさか確信犯っ……!?
「す、好きですよっ……！」
　今更嘘でしたなんて言えない……っ。
　大丈夫、1時間と少しの我慢……。
『うぁあああぁ!!』
「ひゃぁっ……！」
　あまりに恐ろしい断末魔の映像に、声をあげてしまった。
　む、無理っ……やっぱり無理っ……。
　自分の手で耳を塞いで、音の侵入を遮断する。
　キツくまぶたを閉ざし、ぎゅっと目をつむった。
　怖い……変な嘘、つくんじゃなかった……っ。
「杏」
　耳元で囁かれた声が、手をすり抜けて、かろうじて耳に入る。
「ぅっ、……っ!?」
「大丈夫。おいで」
　せん、ぱい……？
　ぎゅうっと、温かいものに包まれた。
　恐怖で頭の働きもままならない中、先輩に抱きしめられ

ているのだと、なんとか理解する。
　……っ。
　先輩、心臓の音、すごい……。
　どう、して？
　先輩も、怖いの……？
　不思議に思って、恐る恐る少しだけ瞳を開けた。
　狭い視界の中で映ったのは……優しく微笑む先輩の顔。
　——ドキンッ。
　……ズ、ズルいっ……。
　先輩は、きっとホラー映画なんて全然怖がってない。
　それなのに、こんなにも先輩の心臓がうるさいのは、ドキドキ、してくれてるの……？
　もしかして、先輩は……
　本当に、私のこと……。
「っ、やっ……」
　そこまで考えたとき、再び室内に響く嫌な音。
　思わず、ぎゅっと先輩に抱きついた。
　そんな私を、先輩は優しく抱きしめながら、頭を撫でてくれる。
「怖くないから、目つむって」
　私を安心させようとしてくれているのが伝わって、再びドキリと音をたてる心臓。
　……っ。
　もう、わかんなくなる。
　映画が怖くて心臓がドキドキ騒いでるのか、先輩に、ド

キドキしてるのか……。
「杏、もう出ようか。立てる？」
　怖くていっこうに顔が上げられない私に、先輩の優しい声が降ってくる。
　た、立てっ……ない。
　情けないけれど足がすくんでしまって、私は何度も首を左右に振ってみせた。
「ん、じゃあ俺の首に手回して」
　言われた通りに手を伸ばすと、先輩が私を抱えて立ち上がる。
　所謂(いわゆる)お姫様抱っこの体勢で、私たちは真っ暗なシアターから出る。
　幸いにも一番端の席だったのでスムーズに出ることができた。
　映画のBGMが、大きな音を響かせている中、私の耳には、先輩のドキドキという心臓の音が届いていた———。

「杏、もう平気だから、怖がらないで」
　私を抱っこしたまま、シアターを出てすぐのソファに座った先輩。
　上映中のためか、周りには人がいなくて、情けない姿を晒(さら)すことにならなくてよかった……。
　うっ……それにしても、怖かったっ……。
　あ、あんなに、目を背けたくなっちゃう映像が、続くなんて……うぅ。

「ご、ごめんなさい……」
「え？　何が？」
「チケット代、無駄にしちゃって……」
　せっかく、映画館に来て、しかも嘘でも私が観たいって言い出したのに……。
「ふっ、そんなこと気にしなくていいのに」
「でも……」
「それに、こうして杏に抱きついてもらえて、俺としては願ったり叶ったりだけどね」
　……なっ……！
　慌てて、先輩から離れた。
　私、当たり前みたいにしがみついてたけどっ……。
　今日出会ったばかりの人に、こんな……っ。
　自分の行動に、かあぁっと頬が熱を持つ。
　鏡で見なくともわかるほど赤いだろう顔を、両手で覆うように隠した。
「何？　照れてんの？　可愛いんだけど」
「て、照れてなんて、ないですっ……！」
「顔、真っ赤だけど？」
　そ、そんなこと、言われなくてもわかってますっ……！
「からかわないでくださいっ……ぅ、先輩の意地悪……」
「ふふっ、そ、俺意地悪なの。ていうか、好きな子はいじめたくなっちゃうのかも」
「なっ……なんですかそれ……」
　先輩、頭がおかしいんじゃっ……。

「杏が好きで可愛くてたまらないってこと」
　急に私の手を握って、微笑みながらそんなことを言ってくる先輩。
　……っ。
　やっぱり……先輩は、ズルい……。
「そんな冗談……からかわないで、ください……」
「からかってないって。ほんと」
　その言葉に、私は何も言えなくなってしまって、下を向いた。
　顔の熱が、全然引かない……っ。
「杏、落ちついた？」
「……え？」
「さっきまで、震えてたから」
　そういえば……。
　先程まで、足がすくんでしまうほどだったのに……もう、恐怖なんてどこかへ吹っ飛んでしまった。
「もう怖くない？」
　顔色を伺うように、私をじっと見つめる先輩。
　気遣ってくれる優しさに、キュンッと音をたてる心臓。
　意地悪なこと言ったり、急に好きとか言ったり、心配してくれたり……。
　もう、私の心臓、うるさい。
　黙ったまま、こくりと頷いた。
　そんな私に、先輩はにっこりと微笑む。
「まだ時間あるし、美味しいもの食べにいこう」

「え……っ、せ、先輩……！」
「この近くに知ってる店があるから、行こ」
　私の手を握りながら、有無を言わさずに歩き出す先輩。
　先輩、本当に強引……。
　胸のドキドキから顔を背けて、もう先輩の気が済むまで付き合おう……と、おとなしくついていった。
　結局、先に折れたのは私のほうだったようだ。

「あー……もう無理。可愛すぎ……」

　結局手を繋いだまま、十分ほど歩いてついた一軒のお店。
「甘味処？」
「うん、見た目は完全にカフェみたいだけど」
　目の前に広がる、オシャレな建物。
　客引き用に置かれた和菓子のサンプルに、私は目を輝かせた。
　じつは、小さい頃から和菓子が大の好物。こんな人目のつきにくい裏道に、和菓子屋があったなんて……！
「いらっしゃいませ」
　店内に入るなり、和服を身にまとった店員さんが、席へ誘導してくれる。
　店内は外装で想像したよりも広く、落ちついていて、ゆっくりとくつろげるような空間になっていた。
　座席に案内され、2人で向かい合うように席につく。
「杏、何頼む？」
「ええっと……どうしよう……」
　メニューに書かれてあるものが、全部美味しそうで決められないっ……。
　ううーん……抹茶パフェも、美味しそう……でも、無難に白玉あんみつも食べてみたい……んん……決められない……。
「どれとどれで悩んでんの？」

「抹茶パフェと、白玉あんみつで……」
「ん、じゃあ俺があんみつ頼むから、一緒に食べよう」
「えっ……いいんですか……？」
「うん、俺別になんでもいいし。飲み物はどうする？」
「えっと……それじゃあ、和紅茶でお願いします」
「了解」

　そう言って、先輩はさらりと、私の分まで注文を済ませてくれる。
　優しい……な。
　こういうスマートなところも、モテる理由なのかもしれないな……。
　教室に迎えに来たときも、女の子たちに騒がれてたし。
　……あらためて思うと、先輩ってすごく人気なんだろうなぁ……。
　どうしてそんな人が、私なんかと……って、やっぱり思ってしまう。
　先輩に集まっている女の子たちは、みんな私なんかよりも綺麗な子ばかりだったし。
　だけど、タズちゃんが女の子との噂がないとも言っていた。……確かに遊んでいるようには見えないけど……。
　先輩が私を選ぶ理由が、いくら考えてもわからない。
　1人そんなことを思っていると、店員さんが飲み物を運んできてくれた。
　和紅茶に口をつけると、独特の香りが広がる。
　美味しい……。

先輩が頼んだのは、エスプレッソ。
　あれって確か……飲んだことないけど、すごく苦いんじゃなかったっけ……？
　もしかして先輩、あんまり甘いもの好きじゃないのかな？
　……あっ、でも甘味処に連れてきてくれたんだから、それはないか……。
「それって美味しいですか……？」
「んー、モノによるけど、エスプレッソは好きかな。杏はコーヒーとか苦手？」
「はい……苦いのは、あんまり飲めなくて……甘いもののほうが好きです」
　それに先輩、お砂糖(さとう)もミルクも何も入れてない……大人だっ……。
　あっ。
　トレイを持った店員さんが、私たちの席の前で止まった。
「お待たせいたしました」
　うわぁっ……！
　目の前に置かれた抹茶パフェ。
　下にはコーヒーゼリー、その上に積まれた抹茶のアイスや白玉や餡子(あんこ)。最後にトッピングされた生クリーム……好きなものばかりが乗せられたパフェに、胸がときめく。
　美味しそうっ……！
「ふっ……杏、目キラキラしてる」
　私の顔を見てくすくすと笑う先輩に、少し恥ずかしくな

りながらも、私はパクリとひと口、パフェを放り込む。
　……っ！
「美味しい？」
　先輩の質問に、大きく首を縦に振った。
「はいっ……とっても！」
「ふっ、そんなに？」
「私、和菓子大好きなんですっ……！」
　一瞬、先輩が意味深に微笑んだように見えたのは……気のせい？
「よかった、今も変わってなくて」
「え？」
「ううん、なんでもない」
　なんだろう、今の……。
　まるで、前から知っていたような……って、そんなわけないよね。
　先輩と私は、今日出会ったばかりで、先輩が私の好みなんて、知っているはずがない。
　それにしても、本当にこのパフェ美味しいっ……。
　ほっぺたが落ちちゃいそう。
「連れてきてくれて、ありがとうございます」
　笑顔で、先輩にお礼を言った。
　素敵なお店に来られて、幸せ……。
　きっと、嬉しくて間抜けな笑顔をしてるであろう私を見ながら、先輩が目を見開いた。
　でもすぐに、いつもの余裕の笑みを浮かべて、「どうい

たしまして」と返してくれる。
「あんみつも食べてみたら？」
「はいっ……ありが、んっ……！」
　スプーンにあんみつを乗せて、先輩はそれを予告なく私の口に入れてくる。
　所謂、"あーん"というやつをされた。
「どう？」
「お、美味しい……です」
　急だったからびっくりしたけれど、あんみつはとっても美味しい……！
「ふっ、喜んでくれてよかった」
　先輩は私の顔を見つめながら、とても嬉しそうに微笑んだ。
　それはそれは、なんだか幸せいっぱいな顔。
　というか今の間接キスなんじゃ……!?
　その後、私の頬が赤くなったのは言うまでもない。
　どうやら私は、先輩の笑顔に弱いらしい。

　空に夕日が浮かび始めた頃、お店から出た私たちは、先輩の車に乗って私の家へ向かっていた。
　家までそう遠くないし、１人で帰れると言ったのだけれど、送っていくと引かない先輩を断りきれず……。
　車に揺られながら、車窓から見える景色を眺める。
　最初は行きたくないって拒んでたけど……今日、楽しかったな……。

「あの……先輩」
「ん？」
「今日は、ありがとうございました……楽しかったです」
　結局、甘味処のお金まで払ってもらって、申し訳なさすぎる……。
「ほんとに？　じゃあ、定期的にデートしよっか」
　……わ、忘れてた。
　そういえば、今日はそういう体(てい)で話が進んでいたんだったっけ……。
「デ、デートって言い方……」
「まだそこ否定するの？　俺たちは付き合ってるんだから、今日のはデートでしょ」
　う……先輩こそ、そろそろ私の言い分も考慮(こうりょ)してくれませんかっ……。
「あの、それなんですけど……やっぱり、付き合うっていうのは、まだ早いかと……お友達、じゃダメですか？」
　今日は本当に楽しかったし、先輩にドキドキするのも本当。
　でもだからって、私は先輩をそういう意味で好きというわけではないし、それは、先輩も同じだと思う。
　私のこと、本気で好きなわけではないと思うんだ。
　好き同士じゃない私たちが、付き合うのはちょっと違うんじゃないかな……？
「……悪いけど、そのお願いは聞いてあげられない」
　先輩の声のトーンが、1つ下がったのがわかった。

怒っているわけではないけど、先輩の態度が、急に真面目なものへと変わった。
「俺の彼女、嫌？」
　どこか真剣な眼差しに見つめられ、ごくりと息を呑む。
「……い、嫌ってわけじゃなくて……だって私、まだ先輩のこと好きとか、わからない……」
「これから好きにさせるから。恋人解消はなし。別れてなんてあげない」
　……っ……そんな瞳で、見つめないで。
　そんな熱誠な視線を向けられたら、勘違いしそうになる。
「先輩は、その……」
　私に、本気なんだって。
　先輩は本気で私のことを好きだと言ってくれてるんだって、勘違い、しそうになるっ……。
「本当に……本気で私のこと、好きって言ってます、か？ 冗談とかじゃ、なく」
　からかってるんじゃなくて……？
　自分でこんなこと聞くなんて、なんだか自意識過剰みたいで恥ずかしい。
「んー、そんなに俺の気持ち、信用できない？」
　先輩は、ため息でもつくように、そう言った。
　けれどそれは、怒りとかじゃなく、悲しんでいるような言い方。
　先輩がもし本気で好きって言ってくれてるなら、私今すごくひどいことを、言ってしまっている……？

でもその"もし"は、限りなくゼロに近いもの。
「信用できないっていうか……」
「ていうか？　何？」
「先輩みたいに、人気者でかっこいい人が私のこと好きなんて……信じられなくて……」
　ありのままの気持ちを伝えてみた。
　このまま、モヤモヤしたまま先輩といたくなかったから。
「……何それ」
　少しの沈黙が流れた後、先輩は突然、俯いていた私の顎をつかんだ。
　クイッと顔を上げさせられ、先輩と視線がぶつかる。
　嬉しそうに、口角を上げる先輩が、視界に映った。
「杏は俺のこと、かっこいいと思ってるってこと？」
「……っ!?」
　ち、違っ……。
　そうじゃなくて、い、言い方が悪かった……っ。
　別に私だけじゃなくて、先輩のことかっこいいって思うのは、自然の摂理というか……こんなに整った顔の人見たことないし、意地悪なところ以外で、ダメなところは見当たらないし……あぁもう、否定する理由が見つからないっ……。
「だって……そ、それはっ……」
　ニヤニヤと頬を緩めている先輩に見つめられて、顔が焼けそうなほど熱い。
　言い訳を探して言葉に詰まっていると、近づいてくる先

輩の顔。
「あー……もう無理。可愛すぎ……」
　……えっ……?
　先輩、何、してっ……。
「んっ……!」
　自分が何をされているのか気づいたときには、もう既に手遅れだった。
　唇に伝わった、自分以外の熱。
　慌てて離れようとしたら、先輩の腕にそれを防がれた。
　逃がさないとでもいうかのように、私の腰に手を回し、自分のほうへ引き寄せてくる先輩。
　すぐに離れるかと思ったのに、先輩の唇はなかなか離れてはくれなくて、私はぎゅっと目を閉じた。
　息が、できないっ……。
　いったいいつになれば解放されるのか、もう窒息死する!とさえ思った私は、先輩の胸を叩く。
　も、もう無理っ……!
　先輩もそんな私に気づいたのか、ようやく身体を放してくれた。
「……はっ、うぅ、何するん、ですかっ……!」
　ファーストキスの次は、セカンドキスまで奪われたっ。
「何って、キス」
「……っ、最低、ひどいですっ……」
「杏が可愛すぎるのが悪い」
　全く悪気がなさそうで、むしろしてやったりという先輩

の顔。
　ひどい……こんなの……先輩、最低だっ……。
　キスって、そんなに軽い気持ちでするもの……？
　悲しい気持ちになって、じわりと涙が溢れる。
「杏……？」
　先輩が私の名前を呼んだけれど、返事なんてしたくない。
　もう、先輩嫌いっ……。
「ごめん。急にキスして……」
　……え？
　先輩、謝った……？
　驚いて顔を上げると、申し訳なさそうに私を見つめる先輩がいた。
　予想外の行動に、驚きを隠せない。
　先輩って、絶対謝ったりしなさそうなのに……。
「これからはちゃんと、前もって言うから」
　……って、絶対悪いと思ってない……！
「い、言ってもダメです……！　まず、キスしないでください……っ」
「それは無理。約束できない」
　真顔できっぱりとそう言いきった先輩に、ため息をつきたくなった。
　ダメだ……話にならない……。
「とにかく、俺と杏は恋人同士で、俺は杏が好きだからキスもする」
　やけに真剣な表情でそう言って、唐突に抱きしめてきた

先輩。
「ちょっと……先輩っ……」
「ほんとに好き」
　な、に……？
「せん、ぱい……？」
　耳元で、囁かれた言葉。
　その声色は、嘘をついているようには思えなくて、私は思わず息を呑んだ。
「……すげー好き」
「……っ？」
　どうして、そんな声で……。
　さっきまであんなに、ニヤニヤした顔してたのに……急にしおらしくなって……調子、狂っちゃう……。
　どうすればいいかわからず、抱きしめ返すこともなく、ただ、力強く抱きしめてくる先輩を受け入れた。
　ゆっくりと、走っていた車が停車する。
「……杏、ついたみたい」
「えっ……あ」
　窓から外を見ると、すぐ前に私の家があった。
　先輩が、ゆっくりと抱きしめていた腕を解く。
　少しだけ……本当に少しだけ、寂しいと思ってしまったのは、どうしてだろう……。
「それじゃあね、また明日」
「はい……」
「そんな寂しそうな顔しないで。帰れないでしょ」

「し、してませんっ……！」
「ははっ」と楽しそうに笑いながら私の頭を撫でてくる先輩は、さっきまでの明るい表情に戻っていた。
　車を降り、窓から見えた運転手さんの姿。
　さっきまでの会話、聞かれてたかなっ……と思うと恥ずかしくて目を合わせられなかったけど、ぺこりと頭を下げお礼をした。
「ふっ、じゃあね、バイバイ」
　先輩に手を振って、自分の家へ少し駆け足で向かう。
　そして玄関の扉を開けて、急いで中へと入った。
　その場にしゃがみこんで、心臓の辺りをぎゅっと押さえる。
「どうして私……こんなにドキドキ、してるんだろう」
　呟いた声は、静寂に溶けるように消えた。

「このままずっと抱きしめてたい」

　はぁ……空が青い……。
　雲1つない晴れた空を見つめ、ため息をつく。
　重い足取りで、学校の正門をくぐった。
　昨日の夜、先輩からスマホにメッセージが届いていた。
　メッセージの内容は、『俺の連絡先、追加しといて。いつでも連絡してね』というものだった。
　……ちなみに、私は連絡先を教えた記憶はない。
「先輩、どうして知ってたんだろう……」
　結局、怖くてそのメッセージには返信していない……。
　昨日はいろいろありすぎて、よく眠れなかったし……うぅ。
『……すげー好き』
　なんだったんだろう……あれは……。
　思い出すだけで、頬が熱くなってくる。
　ダメダメ、忘れろ、考えるなっ……！
　……もう、先輩の顔見られないよぉ……。
「「「きゃあああああ!!!!」」」
　俯きながら、校舎までの道を歩いていると、背後で女の子たちの黄色い声があがった。
　ビクッとして振り返ると、女の子たちの視線の先には、私の悩みの種が。
「皇さんよ……！　朝から見られるなんて、幸せ……！」

「会長！　おはようございます!!」
　う、嘘……まさか、朝から遭遇するなんてっ……！
　笑顔で女の子たちに手を振り、歩いてくる先輩。
　そうだ、気づかれる前に逃げよう……！
　そう思って、駆け足になったときだった。
「杏」
　……き、気づかれた……。
　無視するわけにもいかず、恐る恐る振り返る。
　先輩が、笑顔を浮かべて私のもとへ駆け寄ってきた。
「おはよう」
　うっ……笑顔が、眩しい。
　ていうか、女の子たちの視線が、痛い……。
「お、おはよう、ございます……」
　肩身が狭すぎる私は、身を縮こませて先輩から視線を逸らす。
　あ、あんまり近寄らないでください……と、心の中で呟いた。
「何あの子、なんで皇さんと親しげなわけ？」
「そういえば、会長に彼女できたって昨日聞いたんだけど」
「嘘!?　だって会長、特定の人は作らないって……！」
「嫌ー！　あたしたちの会長がぁー！」
　女の子たちが、私に聞こえるような声のボリュームで話していて、嫌でも耳に入る会話。
　どうしよう……今すぐこの場から逃げたい……。
　切実にそう思うのに、先輩は上機嫌な様子で、私の手を

握ってきた。
　……っ！
　驚く私の手を引いて、並んで歩き出す先輩。
　ちょ、ちょっと……、こんなところで何して……！
「「「いやぁああ!!!!!!」」」
　案の定、女の子たちの悲鳴にも似た声があがった。
「は、放してください先輩っ……！」
　先輩に向けて、小声でそう伝えると、先輩は聞こえないフリをして放そうとしない。
　視線と空気に耐えられなくなったとき、私たちの前に、３人の女の子が立ち塞がった。
「会長っ……！」
「あの、その子は……？」
「彼女できたって、本当ですか……!?」
　な、何これ……っ。
　だ、誰か、助けてっ……。
　明らかに先輩のファンであろう女の子たち。
　せ、先輩……お願いだから、変なこと言わないでください……！　彼女じゃないって、ちゃんと否定……。
「うん、この子。俺の彼女」
　せ、先輩ー!!
　ありえない……私、もう学校に来られない……。
　周りの女の子たちが、絶句してる……。
「俺の大事な子だから、みんなも意地悪したりしないでね？」

私の手を握ったまま、笑顔でそう言った先輩は、女の子たちを避けて再び歩き出した。
　　もう私には、否定する気力も、上手い弁解の言葉も浮かばず、先輩の後をついていく以外の選択肢は残されていなかった。
　　でも……今の、台詞……。
　　守って、くれたのかな……私のこと。
　　付き合えって言ってきたときには、断ったら変な噂を立てると脅してきたくせに……ほんと、よくわからない人。
「先輩、私教室こっちなので……」
　　上履きに履き替えて、先輩と別れようとした私。
「うん、俺もそっち行く」
「さ、3年生は反対方向ですよね？」
「送っていく」
　　なぜか、再び私の手を握った先輩は、1年の教室のほうへ向かって歩き出した。
「け、結構です……」
　　先輩と歩いてたら、周りからの視線が痛いのでっ……！
「いいじゃん。ちょっとでも長く一緒にいたいし」
「……っ」
　　にこっと笑顔でそう言われ、言葉を失う。
　　そんなこと言われると、強く、言い返せない……。
　　先輩、ほんとにズルい……。
　　俯きながら、教室までの道を歩く。
　　好奇や女の子からの視線が痛かったけれど、それよりも、

心臓がドキドキしっぱなしで、騒がしい。
　私の倍くらいある大きな先輩の手から、伝わる熱。
　手のひらが、焼けちゃいそうなほど熱かった。
　ようやく教室の前に着いて、やっと解放される……と、ほっと胸を撫で下ろす。
「杏、昼休みになったら迎えに行くから」
「え？」
「お昼一緒に食べよ」
「私、お昼ご飯は友達と——」
「それじゃあね、いい子で待っててね」
　先輩は、私に有無を言う暇も与えず、廊下の向こうへと去っていった。
　ほんと、強引……はぁ、暴君すぎます……。
　どっと疲れた気がして、重い足取りのまま教室に入った。
「朝からすごい騒ぎだけど、どうなってるのこれ？」
　席に座るなり、既に登校していたタズちゃんが私のもとへ来てくれた。
「タズちゃん……おはよう……」
「おはよう……じゃないわよ!!　昨日あれからどうなったのよ!!　LIMEしても返事くれないし!!　心配したのよ!!」
　ご立腹な様子のタズちゃんに、慌ててLIMEを確認する。
　わっ……ほんとだ！　夜にタズちゃんから……翔くんからもLIME来てる……！
　先輩からのメッセージ見て、疲れてそのまま眠っちゃったんだ……。

「ご、ごめんね……！」
「……で、結局どうなったの？　会長と本気で付き合うわけ？」
「え、ええっと……一応……。で、でも、正式に付き合ってるわけではない、というか……」
　不本意極まりないけど……。
「正式には違うって何よ!!　まったく……あんたと会長がくっついたって、学園中大騒動よ、ほんと」
　……う、嘘……。
「やっぱり、広まってるんだ……さっきもすごい見られたし。きっとみんな、なんであんな女が先輩と……って思ってるんだ……」
「いや、人気っていう点じゃ杏だって負けてないでしょ」
「なに言ってるの？　私、友達も少ないのに……！」
「この前、あんたの写真売られてたわよ」
「……何かの勘違いじゃない……？」
「あんた隠れファン多いのよ？　気づいてなかったの？　ほんっとその無自覚、どうにかしなさい」
　隠れ……ファン？
「杏ちゃんはみんなのアイドルだから、抜け駆け禁止!!って、ファンクラブの男が言ってたわよ。ま、会長様に取られちゃったけど」
「な、何それ……？　どうして私がアイドルなの？」
「どうしてってあんたね……こーんな目くりっくりで肌真っ白で睫毛バサバサでおまけに華奢でちっこくてふわふ

わオーラ漂わせてるからでしょ!!」

　大きな声で力説するタズちゃんに、首を傾げる。

　さ、さっきから何を言ってるの、タズちゃんっ……？

「杏ちゃん、おはよう」

　大丈夫……？　とタズちゃんに聞こうとしたとき、背後から名前を呼ばれた。

「あ、翔くん！」

　振り返ると、登校してきた翔くんの姿が。

　朝から、爽やかな笑顔……太陽並みの眩しさ……！

　って、そんなこと考えてる場合じゃなくて。

「翔くん、昨日はごめんね……かばってくれてありがとう。LIMEもくれてたのに私気づかなくて……」

「ううん、気にしないで。あの後、大丈夫だった？」

「うん……先輩、悪い人ではないから……」

　若干悪意を感じるときはあるけど……からかってるだけだと思うし……。

「横暴すぎるよあの人。何かあったら、いつでも俺に言ってね」

　心配そうに、眉の端を下げる翔くん。

「ありがとうっ」

　翔くんはほんとにいい人……心が洗われるよ……。

「あっ、そうだタズちゃん……私、今日お昼ご飯先輩と食べることになったの……」

「……あんたたち、やっぱり付き合ってるの？」

「だ、だから……正式には付き合っては……ない、はず」

「何その曖昧な感じ」
　目を細めながら私を見つめるタズちゃんに、ぐっと手を握ってみせる。
「私は……は、はっきり同意してないもんっ……」
　お、脅されて無理やりそうなってるだけで、認めて、ないっ……！
「ほんとに……？　心配だわ……」
　はぁ……とため息をついて、タズちゃんはどこか遠くを見つめた。
「……杏ちゃんは、どうなの？」
「え？」
　翔くんから飛んできた言葉に、首を傾げる。
「あの会長のこと……どう思う？」
「どう思うって……？」
「その……あの人かっこいいし、好意とか……」
　好意って……好きって、こと？
　私が、先輩を？
「な、ないない！　ありえないよ！　先輩とは昨日会ったばかりだし、好きとか……私にはよくわからない」
　うん、それは、ありえないよ……！
　ありえ、ない……。
　ド、ドキドキは、するけど……。
　……って、そういえば、私先輩といるとき、ずっとドキドキしてるような……。
　どう、して？

男の人、だから？
でも、翔くんといるときは、平気なのに……。
な、なんでだろう……。
「そ、そっか……！　そうだよね！」
「翔っち、あからさまに安心しすぎ」
「なっ……！　三宅、余計なこと言うなって！」
「はいはい。早く告っちゃえばいいのに」
「三宅、ほんとやめて……！」
ドキドキするってことは……先輩のこと、意識してるって、こと……？
……っ、もう、わからないから考えるのやめようっ。
「ていうか、杏ってどんな人がタイプなの？」
「……え？　わ、私？」
タズちゃんの質問に、首を傾げる。
タイプ……？
……す、少なくとも、先輩みたいに意地悪な人はちょっと……。
「うーん……優しい人、とか？」
うん、優しい人のほうが、絶対いい……！
「優しい人、か……翔っちとかいいじゃない」
「ちょっ……！　ほんとそういうのやめてって！」
なぜか顔を赤く染めて、慌てた様子の翔くん。
「そうだよタズちゃん、翔くんに失礼だよっ……」
翔くんみたいな王子様系美男子が、私なんかを相手にするわけないのに。

反論すると、なぜか、更に慌てた表情になった翔くん。
「ち、違うよ！　そ、そうじゃないんだ……！」
「……？」
「ええっと……僕は、杏ちゃんみたいな人、すごく素敵だと、思うよ……！」
「え？」
「優しいし、可愛いし……って、ごめん、なに言ってんだろ……あはは」
　翔くん……。
「ふふっ、翔くん、お世辞が上手だね。さすが王子様」
　私にまでそんなふうに言ってくれるなんて、さすが、モテる人は違うなぁ……！
「残念、そんなアピールじゃ、超絶無自覚ちゃんには伝わらないみたいね」
「……ここまでとはね……あはは」
　小声で２人がそんな会話をしていたなんて、私は知る由もなかった。

　昼休みになると、宣言通り、先輩はやって来た。
　相変わらずモテモテの先輩は、女の子に騒がれている。
　すごい……アイドル並みの人気……。
　声をかける女の子を掻き分けて、私のもとへ来た先輩。
「杏」
　笑顔で名前を呼ばれて、重たい身体を立ち上がらせた。
「行こ」

「て、手は繋ぎませんっ……！」
「……はいはい……あー、残念」
　約束していたので、おとなしくついていく。
　昼休みは、各自好きな場所でお弁当を食べていいことになっている。
　さすがに、友達と食べるので帰ってくださいとは言えないし、タズちゃんにも、先輩と食べると伝えた。
　今日だけ、今日だけ……明日からは今まで通りタズちゃんたちと食べるし、先輩にも、そう伝えなきゃ！
　先輩と一緒にいるのが嫌なわけじゃないけれど……この、好奇の視線が、辛い……。
　すれ違う人みんなが、私と先輩をもの珍しそうに見ていて、中には指を差す人もちらほら。
　けれど、生徒会室に近づくにつれ、人が減り、視線も気にならなくなった。
「そこのソファに座って食べよ」
　昨日も来たけど、す、すごい部屋だなぁ……。
　ここの学園は、比較的オシャレな造りになっているけれど、生徒会室は別格だ。
　経費の、無駄遣いなんじゃ……という本音は呑み込んだ。
　先輩とテーブルを挟んで向き合うように、ソファに座る。
「いただきます」と手を合わせ、お弁当を食べ始めた。
「これからは、ここで２人で食べようね」
「……え？　毎日、ですか？」
　笑顔の先輩に、首を傾げる。

「うん、当たり前」
「私、友達と……」
「そっか……そうだよね、杏は友達いるもんね」
　……え?
「俺、一緒に昼食べてくれる友達とかいないから、羨ましい……」
　少し俯く先輩からは寂しげなオーラが漂っている。
「先輩……」
　もしかして、いつも1人で食べてるんだろうか……?
　先輩って、人気者だから友達が多そうなイメージがあるけど、もしかしたら、人付き合いが得意じゃないのかもしれない。
　1人でお弁当を食べる先輩の姿を想像して、胸が痛んだ。
　タズちゃん、翔くん……ごめんなさいっ……!
「い、一緒に食べましょうっ……!　私でよかったら……」
　思わず、そんな台詞が口から零れていた。
「……チョロすぎ」
「え?」
「ううん。嬉しい……ありがと、杏」
　嬉しそうに微笑む先輩に、なんだか、私まで嬉しくなった。
　同情を煽って騙されたのだと私が気づくのは、もっと後の話。

　他愛のない話をしながら、お昼ご飯を食べる。

「ごちそうさまでした」
　お弁当箱を片付けて、水筒に入ったお茶を飲んだ。
「杏、こっち来て」
「……？」
　手招きする先輩を不思議に思いながらも、立ち上がって先輩のもとへ行く。
「きゃっ……！」
　な、何っ……！
「せ、先輩っ……！　何して……」
「んー……補給」
「ほ、補給ってなんですかっ……」
　どうして、抱きしめられてるのっ……！
　私を、後ろからぎゅっと抱きしめながら、自分の膝の上に乗せる先輩。
　首筋に顔を埋めてきて、ゾクッとした。
「ちょっと、先輩っ……！」
「あー……」
「は、放してくださいっ……！」
　私が呻き声のようなものを出すと、抱きしめる手に、更に力を込めた先輩。
「このままずっと抱きしめてたい」
　……っ。
　耳元で囁かれた言葉に、顔が真っ赤になった。
　……また、だ。
　心臓、うるさいっ……。

「もうちょっとこうさせて」
　先輩の息が耳にかかって、くすぐったい。
　でも、それ以上に……頬が、熱くてたまらない。
　今きっと、情けないほど真っ赤な顔してる……っ。
　どうして、こんなに、ドキドキするの？
　どうして、抱きしめられるのが、嫌じゃないんだろう……。
　むしろ、先輩の腕の中、温かくて……安心、する。
　私、どうしちゃったんだろう……。
「杏の匂い、すげー癒される」
「に、匂いっ……？」
「５限目さぼっちゃう？　俺とイチャイチャしてたいでしょ？」
「し、しないですっ……！」
「はーあ、つれないな……」
　残念そうに、ため息をつく先輩。
「杏、今日は放課後どこ行く？」
「え？」
「デート、どこ行きたい？」
「きょ、今日もですか……？　ていうか、デートじゃないですっ……！」
「俺、抹茶のお菓子がすごく美味しいお店知ってるんだけど、行く？」
「えっ……抹茶……？」
「他にも和菓子いっぱいあるけど」

「……」
「よし、決まり」
「い、行きません……！　まっすぐ帰ります！」
　結局その日の放課後、甘い誘惑を拒めず、先輩と和菓子屋さんに行ったのだった。
　胸のドキドキの理由は、いまだにわからぬまま……。

LEVEL. 02
－嫉妬－

「自分が可愛いってこと、もっと自覚してよ」

　結局、私、先輩に振り回されすぎじゃないかな……。
　昨日も断りきれずに、デートとか言って、ついていっちゃったわけで……。
　ダメだ、もっとしっかりしなきゃ、いいように丸め込まれちゃう……。
　そう思って、ため息を吐いたとき、3時限目の終わりのチャイムが鳴った。
「なーに浮かない顔してんのよ！」
「タズちゃん……」
　私の前の席に座り、心配したように顔を覗き込んでくるタズちゃん。
「私、どうすればいいんだろう……」
「何が？　会長のこと？」
　こくり、と、首を縦に振った。
「私はただ、普通に恋して、普通に恋人を作って、普通に恋愛したかったのに……」
「なら、きっぱり関わらないでくださいって言えばいいのよ」
　な、なるほど……そう、だよね。
　でも……。
「先輩と話せなくなるのは、ちょっとだけ……寂しい、かもしれない……」

そこまで言って、私はようやく気づいた。
「あれ……私、言ってること矛盾してる……」
　すごく、ワガママなこと言ってない、かな……？
　先輩のことは好きじゃないけど、先輩と話せなくなるのは寂しい、なんて……ちょっと虫がよすぎない？
　わ、私、嫌な女だっ……。
「……あんた、まさか……」
　頭を抱えた私を見て、タズちゃんが目を見開いた。
「会長のこと、好きになってんじゃない？」
　……え？
「……っ、な、ないない……！　ぜーったいにないよ！」
「……全力で否定するところが怪しい」
「だって、先輩ワガママだし、私の意見無視するし……」
　好きなんて、ありえないっ……。
　けど、嫌いなわけじゃ、ない……。
「……優しいところも、たくさん、ある……けど……」
　無意識に溢れていた言葉に、自分自身でも驚いた。
「あー、はいはい、惚気ね」
「ち、違うもんっ……！」
　タ、タズちゃんってば、面白がってない……？
「はぁ……もうよくわからない……先輩とは出会ったばっかりだし……まだそんなこと……」
　私にはまだ、そういうのは難しすぎるよ……。
「月日なんて関係ないでしょ。出会ったその日に恋に堕ちることだって珍しくないのに」

「そうなの……？」
「そうよ。恋に期間なんて関係ないわ」
　タズちゃんが言うと、やけに説得力がある。
　恋愛経験豊富だからだろうか……そっか、一目惚れとか、よく聞くもんね……。
　先輩は、どうなんだろう……。
　私のこと好きって言ってたけど、いったいいつから……？
　その気持ちは、本当、なのかな……？
　そういえば、先輩って今まで、どんな人と付き合ってきたんだろう……。
　考え出すと、いろんな疑問が溢れ出てきて、私は更に頭を抱えた。

「先輩って、今までどのくらい、彼女いたんですか……？」
　こういうのは、本人に聞くのが一番早い……！
　そう決意した私は、昨日と同様、先輩と生徒会室でお昼ご飯を食べている最中に、思いきって聞いてみた。
「何？　過去の女にヤキモチ？」
　口角を上げて、ニヤリと意味深に微笑む先輩。
「ち、違いますっ……！」
　慌てて否定して、卵焼きをパクリと口の中に放り込んだ。
「そういう杏は？　今まで何人くらいと付き合ってきたの？」
「え、私ですか？」

まさか、聞き返されるとは思っていなくて、首を傾げる。
　私に恋愛経験なんて、あるわけないじゃないですか！
「ないですよそんなの！　恋愛とか、よくわからなかったし……」
「は？」
　なぜか、驚いた表情を浮かべた先輩に、再び首を傾げてみせた。
　何をそんなに、驚いてるの……？
「今まで、一度も付き合ったことないの？」
「……？　は、はい」
　私の返事に、先輩は目を見開いて、黙り込む。
「……やばい」
　少しの静寂が流れた後、先輩の口からそんな言葉が溢れた。
　やばい？
「そっかー、じゃあ俺が初めてかー」
　先輩、何をそんなに喜んでるの……？
「すげー嬉しい。ニヤける」
「？？？」
　言葉通り、本当に嬉しそうな表情を浮かべながら、先輩は口元を隠すように手で覆った。
「よかった。杏に元カレなんかいたら、そいつをどうしてやろうかと思ってた」
「どうしてやろうかって……？」
「杏の過去の男は片っ端から排除(はいじょ)してやろうと思ってたか

ら」
「は、排除……!?」
「俺と杏の邪魔するヤツは、1人残らずね」
　にっこりと微笑んでいるけど、目が笑っていない。
　本気で言っているらしい先輩に、苦笑いを返した。
　こ、怖いです……っ。
「モテる彼女持つと大変なんだよ」
「そうなんですか……」
「なに他人ごとみたいに言ってんの？　杏のことなんだけど」
「……え？　…………なんの冗談、ですか？」
　私、今まで人生でいちっっども、モテた試しはないですよ……？
　先輩が、私を見ながら、盛大なため息をつく。
「はぁ……その顔で無自覚って、今まで何もなかったのが奇跡でしょ……」
　言っている意味がわからなくて、じっと先輩を見つめた。
　すっ……と、先輩の綺麗な手が伸びてくる。
　その手が、私の頬に触れて、ビクッと身体が震えた。
　先輩……？
「自分が可愛いってこと、もっと自覚してよ」
「……っ」
　冗談で言っているのではないと、瞳を見てわかった。
　水色の瞳が、愛おしそうな視線を向けてきて、思わず視線を逸らす。

静かな生徒会室。流れる沈黙が、耐えられない。
　　心臓の音が、先輩に聞こえちゃうんじゃないかと、それ
ばかり考えていた。
　　何か、話さなきゃっ……。
「そ、そういう先輩はどうなんですか……！」
「俺？　……内緒」
　　相変わらず、口角を上げたまま。
　　人差し指を唇に当てる先輩に、下唇を噛みしめた。
「ひどい……私は言ったのに……」
「杏が俺のこと好きって言ってくれたら、教えてあげる」
「い、言いませんっ……！」
　　やっぱり、こんな人、絶対好きにならないっ……！
　　少しでも悩んだ私がバカだった……うぅ。

「俺で、頭ん中いっぱいになって」

「……え?」
　目の前にそびえ立つ、……城。
　ここは、本当に日本ですか……?
　そう首を傾げてしまうくらい、異次元すぎるオシャレな邸宅(ていたく)に、私は開いた口が塞がらなかった。
　簡潔に説明すると、私は今、先輩の家の前に来ている。

　放課後になると、今日も先輩は当たり前のように私を迎えに来た。
　なんだか、それに慣れそうになっている自分が少し怖い。
「杏、帰ろ」
「……」
　嫌だと言っても、抵抗するだけ無駄な気がする……。
　逆らわないでおこうと折れた私は、とりあえず一刻も早く帰れるように努めることを決めた。
「杏、どこ行きたい?」
　どこかへ行く前提で話を進める先輩に、つきかけたため息を呑み込む。
「……どこでもいいです。……先輩は行きたいところありますか……?」
「俺は、杏が行きたいところに行きたい」
「……」

ダメだ……話にならない……。
「それじゃあ、レンタルショップとか……」
「レンタル？ 観たい映画でもあるの？」

とりあえず、お金のかからないところに行こうと思い、1つだけ思いついたものを提案してみた。

1ヶ月前から、借りたいDVDがあり、レンタルショップに足を運んでいる。

けれど、人気の映画なので、いつお店へ行っても在庫がない。
「はい……」

どうせ置いてないだろうけど、とりあえず先輩はどこかへ行きたいみたいだし、レンタルショップに行ってブラブラ店内を見たら満足してくれるだろう。

はぁ……いったいいつになれば、レンタルできる日が来るんだろうか……。

並べられた空のDVDケースを思い出して、肩を落とした。
「なんて映画？」
「え……『冬の約束』っていう映画です」
「ああ、それなら持ってるけど」
「えっ……！」

シレッと言った先輩に、驚いて目を見開く。

持ってるって……あれ、予約開始からわずか1時間で売りきれたって言われてる、超レアなDVDだったはず！

今も生産待ちで、手に入れるのも難しいのに……！

「買えたんですかっ……!?」
「買えたっていうか、もらった。父親が監督(かんとく)と知り合いだから」
　し、知り合い……!?
　……やっぱり、先輩ただ者じゃない……。
「いる？　なんか初回限定版とか、豪華(ごうか)版とかいくつかもらったから、あげる」
「ダ、ダメですよ……！　そんな高価なもの、もらえません……！」
「高価って……DVDくらい別にいくらでも買ってあげるし」
「なに言ってるんですか……」
　金銭感覚、狂ってますよ先輩……。
「あ、じゃあさ、俺の家行こ」
「……え？」
「一緒に観ようよ。俺もまだ観てないし、それならいい？」
　悩んだ末、私は首を縦に振った。

　……という経緯があり、私は今、先輩の自宅にお邪魔している。
　先輩が誘(さそ)ってくれたとはいえ、付き合ってもいないのに家に行くのは気が引けたけれど、映画の誘惑に負けてしまった……。
　扉と呼んでいいのかわからないほど、大きくて立派な玄関の扉。

開いた先には、お手伝いさんらしき人物が何人も立っていて、こちらに向かっていっせいにお辞儀(じぎ)した。

　な、何これ……。

「「「お帰りなさいませ」」」

「彼女が来てるから、部屋にいろいろ持ってきて」

「「「かしこまりました」」」

　すごい、息ピッタリ……じゃなくて、私彼女じゃないですってばっ……。

　否定しようにも、お手伝いさんたちの迫力に圧倒されそれどころではなく、私はただお辞儀を返すことしかできなかった。

　広い玄関で靴(くつ)を脱ぎ、ふかふかのいかにも高級そうなスリッパを渡される。

　もうこれ、スリッパじゃなくて靴だよね……。

「杏、部屋行こ」

「わっ……」

　私の手をつかみ、スタスタと歩いていく先輩。

　別世界に来てしまったようで、何がなんだかわからない。

　こんな映画に出てくるような広いお家(うち)……本当に存在したんだ……。

　廊下には、教科書で見たことのあるような絵画がいくつもかけられている。

　学校のような広さに、頭がクラクラしてきそうだった。

　そういえば、親御(おやご)さんは……今いらっしゃらないのかな?

気になったけれど、聞いていいのかわからず、口を固く閉ざす。
「ここ、俺の部屋」
「……へ、部屋？」
　先輩、これは部屋って……言わないと思います……。
　クラシックな造りの扉。その先に広がる、ホールのような広い空間。
　それに、置かれているもの全てが高級そうで、テレビなんて見たこともない大きさだ。
　豪華すぎる部屋に、私は開いた口が塞がらない。
「杏？　どうしたの？」
「これ、先輩の1人部屋ですか……？」
「そうだけど……それがどうかした？」
　不思議そうに私を見る先輩に、今度こそため息をつき出した。
　おかしい……絶対に……私の家の部屋を全部足しても、先輩の部屋の広さには及ばない気がする……。
「お邪魔、します……」
　モノクロの家具で統一された、シンプルな室内。
　必要最低限のものしか置いていないのか、部屋の面積に対して家具が少ない気がした。
「適当にそこのソファにでも座って。俺はDVD取ってくるから」
　1人残された部屋で、10人は座れそうなソファに恐る恐る腰を掛けた。

ふ、ふかふかだっ……。
「お待たせ」
　ドアが開く音とともに、DVDを持った先輩が現れる。
　ソファに座る私を見て、先輩はなぜか固まった。
「……」
「……先輩？」
「……俺の部屋に杏がいるって、いいね」
「……？」
「ふふっ、早速映画観よっか」
　何事もなかったようにソファに座り、笑みを浮かべる先輩。
　……なんだったんだろう……？
　DVDをセットして、テレビの電源をつける先輩に、質問を投げてみた。
「このテレビ……大きすぎませんか？」
「……そう？　普通じゃない？」
　どうやら、100インチのテレビらしい……これが普通だなんて、先輩はやっぱり普通とズレてる……。
「そういえば……これって恋愛もの？」
「はい。ライト文芸の実写化で、ずっと観たかったんです！」
　幼なじみのラブストーリーで、小説はシリーズ全巻を読破した。
　笑いあり涙ありで、とにかく今まで読んだ作品の中で、一番心が温かくなった作品。
「杏ってこういうのが好きなんだ？」

「はいっ……」
「でも確か……スプラッタサイコホラーが好きなんじゃなかったっけ……?」
「……あ」
　し、しまった……。
　以前先輩についた嘘を思い出して、ギクリとする。
　……仕方がない、嘘をついた私が悪いんだもの……。
「……ご、めんなさい……」
　正直に謝って、私をじっと見つめている先輩の顔を見た。
　申し訳なくて、唇をキュッと噛む。
「何その顔、可愛いんだけど」
「え?」
「ううん。……ホラーは好きじゃないの?」
「……ほんとは……怖いの、ダメで……」
「ふっ、素直。可愛いから許してあげる」
　先輩が、DVDの再生ボタンを押す。
「杏、おいで」
　う、わっ……!
　映画が始まって、先輩は私の腕を引いた。
　すっぽりと、後ろから抱きしめられるような体勢になり、頬が熱くなる。
　先輩、いつもこの体勢っ……後ろから抱きしめるの、好きなのかな……っ?
「先、輩っ……」
「ん?」

「映画に、集中できないっ……」
「なんで？」
　なんでって……先輩が、こんなに至近距離に、いるからっ。
　しゃべるたび、先輩の息が耳にかかる。
「集中なんてしなくていいじゃん。俺で、頭ん中いっぱいになって」
　何、言って……。
「俺はもう、杏でいっぱいなのに」
　ドキリと、胸が大きく高鳴った。
　先輩が今、どんな顔をしているのかわからない。
　けれど、その声だけで、真剣さが伝わってきた。
　先輩の頭の中が私でいっぱいだなんて、信じられないよ……。
「本当に……？」
「まだ疑ってるの？」
　少し困ったような表情で、私の顔を覗き込んでくる先輩。
　違う……そうじゃ、なくて……。
「……」
　口を閉ざしたまま、首だけを左右に振った。
　もう……疑ってなんて、ない。
　先輩が、本当に好きだと言ってくれていることに対して、今は疑ってない。
　ただ、理由がわからなくて……困っているだけなんだ。
「……なんで杏って、そんな可愛いの？」

「はぁ……」というため息とともに、先輩の腕に力が込められた。
　苦しいくらいにぎゅうっと抱きしめられ、私たちの身体の隙間(すきま)がなくなる。
「早く、俺に堕ちて」
　耳元で囁かれた声が、妖艶(ようえん)さを含んでいて、羞恥心(しゅうちしん)でどうにかなってしまいそう。
「堕ちま、せん……」
「頑固(がんこ)だなー」
　ああもう……絶対、心臓の音聞こえてる……。
　そう思う私の耳に、私よりも大きな心臓の音が届いていた。

【side 悠牙】
「……っ、ふっ、うっ」
　うら悲しいバラードをBGMに、エンドロールが流れる。
　もう画面を見る余裕もないのか、俺の膝の上にいる杏は、必死に涙を拭っていた。
　……はぁ、可愛い……。
「こら、そんなに擦ったら、目腫(は)れるでしょ」
　よいしょ……っと。
　杏の身体を抱き上げて、向き合う体勢にさせた。
　相変わらず、軽すぎ……。
　俺よりもふた回り以上小さい手をつかんで、擦るのを止める。

そしてゆっくりと、傷つけないように、杏の涙を優しく拭った。
「そんなに感動したの？」
　何度も首を縦に振って、肯定を表す杏に、胸が変な音を鳴らしていた。
　あー、くっそ可愛いな。
「そっか、まあ楽しめたならよかった」
　こんな映画で泣けるなんて、杏は感受性が豊かなんだろう。
　俺は序盤に生まれた矛盾と、回収されない伏線が気になって、全然話に入り込めなかった。
　あの監督、腕落ちたなぁ……この映画が評価されるなんて、世も末だ。
　でも、杏が感動できたみたいだから、DVDをくれたことには感謝しよう。
「っていうか、どこにそんな感動したの？」
　ほんと、さっぱりわからないんだけど。
「あ、会えなくなっちゃった２人が、再会できた、とこか……すっごく、素敵、でしたっ……」
「ふーん」
「私も昔、会えなくなっちゃった男の子がいたので、自分と重ねてしまって……なんだかすごく、感動しました」
「……へぇ」
　……なんだ。
　完全に忘れてるってわけじゃなかったんだ。

少し嬉しくなって、頬の緩みが抑えられなくなる。
　杏は相変わらず泣きやむ気配がないので、俺は優しく頭を撫でた。
「ほら、泣きやまないと、明日目が大変なことになるよ？」
「ふっ、うっ……は、はぃ……」
「涙止まんないの？」
　こくこくと頷く姿に、加虐心が煽られる。
　あー、杏の涙、舐めたい。
　泣き顔もたまんない……俺、好きな子はいじめたくなるタイプなんだろうな。
　そんな俺に捕まっちゃって、杏もかわいそう……。
　ま、放してなんて、やらないけどね。
　杏は俺の。俺だけのもの。
「よしよし」
　優しく抱きしめながら落ちつかせるように背中を撫でた。
　泣き顔は好きだけど、やっぱり好きな子には笑っていてほしい。
　杏の笑顔って、身震いするほど可愛いから……。
　って、ちょっと甘やかしすぎか……？
　そろそろ、本格的に動いたほうがいいかも……。
　杏のペースに合わせてたら、いつまでも俺のこと、好きって言ってくれなさそうだし。
　杏を手に入れるためなら……ちょっと意地悪なくらいが、いいのかもしれない。

まだ泣きやみそうにない、可愛い可愛い杏を抱きしめながら、俺は口角を上げた。

【side 悠牙】-END-

「ねぇ杏、この問題なんだけど……」
「……」
「……杏？聞いてる？」
「……」
「杏!!」
「…っ、は、はい！」
「もう、どうしたのよ？　ぼーっとしちゃって……」
　私の顔を、心配そうに覗き込むタズちゃんに、苦笑いを返す。
「あはは……ごめんね……」
　私、そんなにぼーっとしてたかな……。
　今日は１限目から小テストがあるんだけど、宿題の問題がわからないから教えてほしいとタズちゃんに言われ、朝早くから２人で教室に来ていた。
　授業が始まるまでの１時間、きっちりと勉強をしようと、集まったんだけれど……。
　なぜか、先輩のことが頭から離れない……。
　どうしちゃったんだろう、私……。
　昨日、映画を観て号泣してしまった私を、優しくなだめ続けてくれた先輩。
　優しく撫でてくれる手の感触（かんしょく）が忘れられなくて、ぼうっ

としてしまう。
「やっぱり、会長と何かあったんでしょ？　目も真っ赤だし……！」
　え、えっ……！
　いきなり図星をついてきたタズちゃんの言葉に、慌てて首を振った。
「ち、ちがっ……だ、だからこれは、映画観て泣いちゃって……」
「そんな言い訳通用しないわよ!!　白状しなさい!!」
　大きな声をあげて、疑いの眼差しを向けてくるタズちゃん。
　うっ……タズちゃんって、意外と疑り深い……。
「どうしたの三宅……廊下まで声聞こえてるけど……」
「あ……翔くん、おはよう」
「おはよう……って、杏ちゃん!?」
　今登校してきたのか、不思議そうな顔でこちらに近づいてきた翔くんに挨拶をすると、私の顔を見て、目を見開く翔くん。
「目、腫れてるよ……!?　大丈夫!?　何かあったの!?」
「……翔っちの声も、多分廊下まで聞こえてるわよ」
　心配させてしまったのか、オロオロしながら顔を覗き込んでくる翔くんに、笑顔を見せた。
「ぜ、全然大丈夫なの！　昨日映画観て、感動しちゃって泣いただけで……」
　本日、2回目の台詞。

「ほ、ほんとに？」
「うん！　ほんとだよ！」
「そっか……」
「なに納得してんのよ翔っち。嘘に決まってるじゃない」
「う、嘘じゃないってば！」
　もう、タズちゃんってば……！
「……で、会長と何があったのよ？」
「会長？　……また、何かされたの……!?」
　タズちゃんが余計なことを言うから、翔くんが眉間にシワを寄せて、心配そうに私を見てくる。
　な、何もないって言ってるのに……。
「ち、違うよ！　先輩と一緒に映画観ただけで……」
「何？　映画デート？」
「デートっていうか……家で……」
「家!?　あんたたち、もうそこまでいってるの!?」
　……？
「そこまでって……？」
　意味がわからなくて首を傾げると、タズちゃんはなぜか、申し訳なさそうな表情を浮かべた。
「……ごめん、あたしが薄汚れてたわ」
　……？　どういうことだろう……？
「……杏ちゃん、やっぱり会長のこと……好きなの？」
　タズちゃんの言葉の意味を考えていると、翔くんから飛んできたそんな台詞。
「え！　ち、違うよ……！」

ていうより、その質問、この前もされた気が……。
「先輩は……優しいところもあるけど、意地悪だし……好きとかじゃ、ない……」
　……はず、だ。
　うん、きっと……ち、違う……！
「あたしたちはさ、心配なのよ」
　え……？
　突然真面目な顔で話し始めたタズちゃんに、視線を向ける。
「会長って、得体が知れないじゃない？　女関連の噂は聞いたことないから、遊んでるってわけではないんだろうけど、いきなりキスするような横暴野郎(やろう)なんでしょ？　もし杏が泣くようなことがあったら……あたしは嫌なの」
「僕も……心配だよ、杏ちゃんのこと」
　……っ。
「タズちゃん、翔くん……」
　２人が、そんなふうに心配してくれていたなんて……からかってると思って、ごめんなさい。
「ありがとう……でも、私は大丈夫だよ！　先輩だって、からかい半分……だと思うし、うん、本気にしてるわけじゃないから」
　そこまで言ったとき、先輩の、まっすぐな眼差しを思い出した。
『杏が好きだよ』
　……疑ってる、わけじゃない。

先輩が、好きって言ってくれてるのは……本当だって、思ってるけど……。
　ああ、もうよくわかんない……っ。
　自分の気持ちが、わからない……。
「いや、杏の可愛さなら、会長が惚れるのもわかるのよ。っていうか必然？　杏の可愛さに太刀打ちできる者はいないみたいな？　ただ……」
　ちらり、と、タズちゃんが翔くんを見た。
「ま、あたしは翔っちを応援するわよ」
　……え？
「なっ……！　だから、三宅ほんとやめてって……！」
「一途だし真面目だし、優良物件だと思うんだけどね。告白する勇気が湧かないのかしら？」
　……優良物件？
　告白？
「あ、杏ちゃん！　なんでもないから気にしないで！　み、三宅、ほら！　早く宿題終わらせなよ……！」
「あ！　忘れてた！　ちょっともういいわ！　翔っちノート貸して！　写す！」
「……はいはい」
　あ、そうだ、私も勉強しなきゃっ……！
　時計を見ると、チャイムが鳴るまであと15分。
　私はシャーペンを握りしめ、教科書と睨めっこした。
　よーし、集中集中……！
「……告白、か……」

勉強モードに入り、完全に集中していた私の耳には……翔くんのそんな呟きは、届かなかった。

「可愛げない彼女はいらない」

　先輩と"恋人"という関係（私は認めてない）になって、早1週間が経った。
　先輩は、昼休みと放課後、いつも私の教室に迎えに来てくれる。
　昼休みは、2人で生徒会室でご飯を食べて、放課後はどこかへ行くか、ただ2人で一緒に帰るか。
　私の日常に、先輩がいることが当たり前になろうとしていた。
　昼休みの始まりを告げるチャイムが鳴り、私は教室の外を見る。
　……あれ、先輩いない……？
　いつもなら、昼休みが始まってすぐに迎えに来てくれるのに、今日はその姿がなかった。
　どうしたんだろう……。
　不思議に思ってスマホを見ると、先輩からの通知が1件。
【ごめん。ちょっと遅れそうだから、先に生徒会室行って昼飯食べてて】
　あっ……そうだったんだ。
　1人で生徒会室に行くなんて、なんだか変な感じだなぁと思いながらも、お弁当を持って席を立つ。
「あれ？　杏、今日会長は？」
　隣の席のタズちゃんと、その前に座る翔くんが、不思議

そうな視線を送ってくる。
「用事で遅くなるみたい。生徒会室行ってくるね」
「へぇ、珍しいわね。いってらっしゃい」
　タズちゃんと翔くんに手を振って、私は教室を出た。
　私の教室と生徒会室は、少し距離がある。
　というより、生徒会室が教室と離れた場所にあると言ったほうが正しい。
　生徒会室が近づくにつれ、廊下を歩く生徒が減っていき、ついに辺りには私以外誰もいなくなった。
　……と、思っていたのに。
「杏ちゃん！」
　……この声は、翔くん？
　振り返ると、やっぱり翔くんの姿があった。
「翔くん……！　どうしたの？」
　心なしか、緊張した面もちで、こちらに歩み寄ってくる翔くん。
　……？
「あの、さ……」
　一度黙り込んだ翔くんは、ごくりと息を呑んで、意を決したように顔を上げた。
「聞きたい、ことがあって……」
「聞きたいこと？」
「……杏ちゃんは、本当に会長と……付き合ってないんだよね？」
「えっ……」

ま、またその話っ……?

一応、『彼女にならないと私に無理やりキスされたって言いふらす』と脅されて、かたちだけは付き合っていることになっている、みたいだけど……。

私は認めてないし……先輩のこと、好きじゃ、ないわけで……。

「う、うん……ないと、思う」

断じて、誠実なお付き合いでは、ない……。

「そっか……」

翔くんは、じっと私を見つめて、口を開く。

「俺、考えてたんだ、ずっと」

「……?」

「もし、本当に取られてから後悔しても……遅いなって、思って」

もし、取られて?

後悔?

なんのこと……?

「杏ちゃん、俺――」

「何してんの?」

……え?

いつもより低いトーンに、慌てて視線を移した。

その先には、不機嫌オーラ丸出しの、先輩の姿。

「杏、こんなところで男と密会?」

み、密会ってなんですか……。

変な言い方をする先輩に首を傾げると、先輩はイラつい

た様子で舌打ちをして、こちらへ歩み寄ってくる。
　私の手を握って、翔くんを睨みつけた。
「杏、行こ」
「ちょっと、先輩……！」
　しょ、翔くんと話してたのにっ……！
　強引に引っ張ってくる先輩の手を振り払えず……というより、なんだか随分と怒っているみたいだったので、強く言えなかった。
「翔くん、ごめんねっ……！　今度話そう！」
「あっ……！」
　何か言いたげな翔くんに頭を下げて、おとなしく先輩に引かれるがままついていく。
　先輩、どうしちゃったのっ……？
「今度話そうって、何？」
　結局、連れていかれた先は生徒会室だった。
　バタン！と勢いよく扉を閉めた先輩に、壁に押しつけられる。
　私の顔の左右には先輩の手、目の前には先輩の顔。
　逃げ場のない私は、先輩が怒る理由がわからなくて、頭の上にはてなマークをいくつも浮かべた。
「杏は俺の彼女なんだから、他の男と話す必要ないだろ？」
　こ、これは……し、嫉妬……？
　——キュン。
　って、キュンじゃないよ、私っ……！
　好きでもないのに、なんでキュンとしてるの？

「……っ、だから、彼女じゃないですってば……!」
　そんなこと、先輩に言われる筋合いはありませんっ!
　私の返事に、先輩は眉をひそめた。
　先程よりも不機嫌オーラが濃くなった先輩が、目を細めて私を見つめてくる。
「まだそんなこと言う?　聞き分け悪いな……」
　き、聞き分け悪いって……言われても……。
　思わず下を向く。
「ふ、不可抗力で……だって私、先輩のこと好きじゃないですもん……」
　そう言ってから、私は少し後悔した。
　好きじゃない、なんて言い方……ひどかったかな……?
　先輩のことはその……人としては、好きだし……私の言い方、キツかったかもしれないっ……。
　重たい沈黙が、私たちの間に流れた。
　黙り込んだ先輩がなんだか怖くて、顔が上げられない。
「……あっそ」
　心底どうでもいいような、そんな言い方で吐き捨てられた。
「……先、輩?」
　思わず顔を上げると、先輩は、見たこともないくらいの無表情で、私を見下ろしている。
　……今まで、こんなことはなかった。
　先輩がくれる言葉はいつだって優しかったし、意地悪な台詞の中にも、優しさが滲んでいた。

声も、表情も……一緒にいるときの先輩は、優しかった。
それなの、に……。
今私の目の前にいる先輩は、先輩じゃない、みたいに怖くて……。
「怒って、ますか……?」
どうし、よう……。
なぜかとっさに、先輩に嫌われたくないと思った。
いつもの優しい瞳で、見てほしいと思った。
「うん、怒ってる。杏が俺のこと、嫌いとか言うから」
「き、嫌いって……そこまで言ってないです……!」
「好きじゃないってことは、嫌いってことでしょ?」
そ、そんな……。
「違う……っ」
先輩のこと、嫌いなんてこと、ないっ……。
先輩と一緒に過ごす時間は好きだし、先輩といると……楽しい。
誤解を解きたくて、先輩の制服をつかんだ。
その手が、振り払われる。
……せん、ぱい?
「もういい」
完全に、突き放すような態度だった。
身体が、ビクリと震える。
「そんなに俺といるのが嫌なら、昼も一緒に食べなくていいし、彼女やめてもいいよ」
……っ。

もう、関わるなって……こと？
「もっと俺のこと好きって言ってくれて、甘えてくれる可愛い彼女探すから」
「せん、ぱい……」
　待っ、て……。
「杏みたいな……可愛げない彼女はいらない」
　何が起きているかわからなくて、呆然と立ち尽くす。
　先輩は、私から身体を離して、背を向けた。
「じゃーね。今までありがと。バイバイ」
　……待って……先輩っ……。
「行かないで」という言葉が、喉の奥でつっかえた。
　先輩の背中が、遠くなっていく。
　バタンッ。
　生徒会室に、ドアの閉まる音が、響いた。
　……何、これ。
　あまりの急展開についていけず、その場に立ち尽くす。
『もっと俺のこと好きって言ってくれて、甘えてくれる可愛い彼女探すから』
　……っ。
　私、もう……先輩といる必要、ないんだ。
　お昼も、放課後も……先輩と過ごす必要、ない。
　意地悪されることも、先輩のワガママに付き合う必要も、全部、なくなった。
　うん、それで、いいんだ……。
　だって私、迷惑してて……してた、はずで……。

解放されたはずなのに、心の中に生まれたのは、寂しさと切なさと、名前のわからない感情。

1人きりの生徒会室で、私はなぜか、無性に泣きたくなった。

【side悠牙】

生徒会室を出て、俺は屋上へと向かった。

鍵は閉められているが、スペアキーを持っている。

「……あの男、ほんと邪魔」

誰もいない廊下で、口から漏れた声。

明らかに杏に好意を抱いている、安堂翔という男。

目障りで仕方ない……杏も、あそこまで好意を向けられて、どうして気づかないんだろう。

ほんと……天然もここまでくると、罪だ。

さっきの、杏の泣きそうな顔を思い出す。

俺にいらないと言われて、眉をへの字に垂らし、下唇を噛みしめていた。

可愛かったな……いい加減、認めればいいのに。

……あんまりにも頑固だから、ちょっと意地悪したくなっちゃった。

「いい加減、早く俺に堕ちてよ……」

押してダメなら引いてみろっていうしね。

少し泳がせてみるのも、悪くない。

今頃、生徒会室で泣いてるかも……。

ふっ、それだったら、最高に可愛いのに。

杏の泣き顔を想像して、思わず頬が緩んだ。

【side悠牙】-END-

LEVEL. 03
−溺愛−

「……俺になんか用？」

　あの日から、3日が経った。
　あれ以来、先輩は私の前にぱったりと現れなくなった。
「あー、平和平和。あの生徒会長が来なくなってから、毎日が穏やかだわ」
「う、うん！　ほんとだね！」
　お昼ご飯を食べながら、私は笑顔を作った。
　いつも通りの日常。タズちゃんと翔くんと、教室でお昼ご飯を食べて、話をして。
　先輩が現れる前の日常に、戻っただけ。
　それなのに――なぜか心にぽっかりと穴があいたような空虚感が、私の心に芽生えていた。
　どうしてだろう……やだな、私が望んだことなのに。
　あんなにも……先輩から解放されたいって、思っていたはずなのに……。
　……っ、先輩のことなんて、考えるのやめよう。
　あんないい加減で自分勝手な人、知らないもんっ！
　そう自分に言い聞かせて、お弁当のおかずを口の中に放り込んだ。
「あ、そういえばあたし、担任に呼び出されてたんだったわ」
「そうなの？」
「うん。ちょっと行ってくるわ。どうせ昨日委員会さぼったことについてでしょうけど」

さ、さぼったんだ……。
めんどくさそうに立ち上がったタズちゃんを、私と翔くんはいってらっしゃいと送り出した。
食べ終えたお弁当を片付けて、時計を見ると、まだ昼休みは20分ほど残っていた。
「タズちゃん大丈夫かな……怒られてないかな……」
「いや、怒られてると思うよ、さすがに」
苦笑いを浮かべた翔くんに、私も同じものを返す。
そのとき、廊下のほうから何やら女の子たちの黄色い声があがった。
「「「「キャァァーー!!!!」」」」
な、何っ……?
一瞬驚いたけれど、廊下のほうを向いて視界に入ったものに、納得する。
……先輩……。
廊下を歩く先輩が、女の子たちに囲まれていて、まんざらでもなさそうに微笑んでいた。
そのまま女の子を引き連れて去っていく。
……っ。
一回も、こっち見なかった……。
何度も教室に迎えに来てくれた先輩。
このクラスに、私がいることは知っているはずなのに。
先輩は気にする素振りもなく、通り過ぎていった。
――どうしよう。
なんで私、こんなに泣きそうになってるんだろう。

自分から拒んだのに……先輩との繋がりがなくなったことが、ひどく悲しい。
　先輩に拒絶された気がして、胸が張り裂けそうだった。
　ゆっくりと立ち上がって、笑顔を作る。
「ごめん翔くん。ちょっとお茶買ってくるね」
「え？　杏ちゃん……」
　私は返事を聞かないまま、財布も持たずに教室を飛び出した。
「……っ」
　先輩……相変わらずモテモテだったな……。
　もう、別の彼女、できてたりするのかな……。
　って、わ、私と先輩は、付き合ってなかったけど……。
　もうやだ……私、女々しすぎるよ……っ。
　自分から先輩と離れたくせに。
　もう、きっと愛想つかされちゃっただろうに。
　先輩がいないと寂しいとか、無視されて悲しいとか……自分勝手、すぎる……。
　こんな私、愛想つかされて当然だ……。
　いつも人影の少ない４階の廊下。その先に繋がる非常階段へと出て、私は両手で顔を覆った。
　ポロポロと零れ出す涙が止まらない。
「せん、ぱい……」
　もう完全に……私のことなんていらなくなっちゃったの？
「……っ、うっ……」

どうしてこんなにも、涙が止まらないんだろうっ……。
　私が思ってた以上に、私の中で先輩の存在が、大きくなってたの……？
　そんなこと、今更気づいたってどうしようもないのに。
　……もう、前みたいに一緒に話したり、帰ったり、そばにいることはできないのに……。
　わかってる、でも……会いたい。
　先輩に、会いたいよっ……。
　先輩の優しい声で、『杏』って呼ばれたい……。
　そんなことを思ったら、また視界が滲んで、慌てて涙を拭(ふ)く。
　ダメダメ……突き放したのは私なんだから、先輩に呆れられちゃったのは、私のせいなんだから……。
　でも、だから、今度は私から、手を伸ばしちゃいけないのかな……？
　どうしても、もう一度だけ、話がしたい。
　先輩と2人で会って、話したかった。
　ポケットからスマホを取り出して、先輩の名前を探した。
　すぐに見つけて、メッセージを打つ。
【話したいことがあります】
　緊張からか、震える手で送信ボタンを押す。
　すると、すぐに返事が来た。
【何？】
　……っ。
　素っ気ない返信。

今までは、文面からでも表情が伝わってくるような優しさが感じられたのに……。
　もう完全に嫌われてしまったかもしれないと思いながらも、もう1通メッセージを送る。
【放課後、生徒会室に行っちゃダメですか？】
　少しでもいいから……話したい。
　そして、謝りたい。
　先輩を傷つけてしまったこと。
　ピコンッ。
【わかった】
　たったひと言だけのその返事に、私は安堵の息を吐いた。
　……よか、った……。
　素っ気ないながらも許可をもらえて、とても安心する。
　……よし、放課後、頑張ろう……。
　ちゃんと伝えるんだ。
　今までごめんなさい。私も先輩が大好きですって。

　──キーンコーンカーンコーン。
　放課後を知らせるチャイムが鳴って、私は1人ふぅ……と息を吐く。
　ＳＨＲ中も、ドキドキが止まらなくて、胸に手を当て心を落ちつかせた。
　大丈夫、大丈夫……ちゃんと言える……っ。
　先生の長い話が終わって、「起立、礼」という号令が終わった。

「杏〜！　駅前のカフェ行きましょ！」
「ごめんタズちゃんっ……！　私、行かなきゃいけないところがあるの……！」
「あらそうなの？　どこに行くの？」
「……っ、ご、ごめん……！　明日話すね……！」
「ちょっ……杏！」
　申し訳ないけれど、タズちゃんの誘いを断って、生徒会室へと急いだ。
　先輩……。
　早く、会いたい。
　もう何度も通った道なのに、久しぶりだから、変な感じだな……。

　先輩、待っててくれてる、かな……？
　生徒会室の前に着いて、大きく深呼吸をする。
　先輩が来てるかわからないけれど、心臓はバクバクと、破裂しそうなほど騒がしかった。
　……よしっ。
　コン、コン、コン。
　意を決して、扉を叩く。
「失礼、します」
　そう口に出して、中に入った。
「……先輩？」
　……あれ？
　もう……いなくなっちゃったのかな……？

そう思って、奥を覗く。
　そのとき、目に飛び込んできた光景に、私は言葉を失った。
「……っ」
　……な、に……っ。
　先輩が、知らない女の人と、キスをしていた。
「……あら？」
　驚きのあまり動けない私に、相手の女性が気づいたらしい。
「ちょっと悠牙〜、この子誰〜？」
　私を指さし、そう言った。
　先輩は、こちらを振り返り、私のほうを見る。
　パチリと目が合ったとき、泣きたくなった。
「ん？　……ああ、来るって言われてたの忘れてた」
　……っ。
　即座に悟る。
　先輩はもう、私なんて好きじゃないんだ……っ。
　そう理解したと同時に、胸が苦しいと悲鳴をあげた。
「……で？」
　ゆっくりと、私のほうに近づいてくる先輩。
　涙を必死に堪えている私の前で立ち止まって、顔を覗き込んできた。
「……俺になんか用？」
　先輩はそう言って、微かに口角を上げた。

「俺、この女と付き合ってもいい？」

　なんだろう、この状況……っ。
　私、何してるんだろう……。
　惨(みじ)め、すぎる……っ。
　心のどこかで、先輩はまだ私のことを待ってくれているかもしれない、なんて……思ってたのかな。
　新しい相手、できてたんだ……。
「用は……その……」
　なんて言えばいいかわからなくて、言葉が出てこない。
　そんな私に痺(しび)れを切らしたのは、後ろにいた女の人。
「ねぇ悠牙、この子誰なのよ」
　先輩の腕に手を回して、上目遣いでそう聞いた。
　ズキン。
　２人を見ていると、胸がズキズキ痛んで仕方ない。
　今すぐにここから、逃げ出したくなった。
「ん？　俺の彼女」
　……え？
「まあ、元だけど」
　……っ。
　先輩は、すぐに私をドン底へと突き落とす。
「えー、じゃあ今悠牙フリーなの？」
「うん、そう」
　私の目の前で繰(く)り広げられる会話に、耳を塞ぎたくなっ

た。
　もう、やだ……どうして私、ここに来てしまったんだろう。
　タズちゃんと、カフェに行けばよかった。
　もう先輩のことなんて……あのとききっぱり、諦めればよかったのに……っ。
　――諦、める？
　……そっか。
　私……好きだったんだ。
　先輩のこと、好きになってたんだ。
　だからこんなにも胸が苦しくて、冷たくされて寂しかったんだ。
　この光景を見て……ショックを受けているんだ。
　自分の気持ちに気づいたと同時に、情けなくてたまらなくなった。
　だって……好きって気づいたと同時に、失恋なんて……私、バカすぎて……。
「じゃあたしと付き合ってよ〜」
　こんな光景、見たくなかった。
「んー……そうだな」
　先輩は、悩む仕草をした後、私のほうを見た。
「ねぇ、杏。いい？」
「……え？」
「俺、この女と付き合ってもいい？」
　……なんで……そんなこと、聞くの……？

笑顔で言ってくる先輩の、意図がわからなかった。
　意地悪なんていう、レベルじゃない。
「あーん、聞いてるんだけど」
　この人の顔が、悪魔に見えた。
「……ね、答えて」
　私の顔を覗き込み、楽しそうに聞いてくる先輩。
　私はスカートの裾を握り、涙が出そうなのを必死に堪えた。
「先輩が……そうしたいなら……」
　口から出たのは、そんな言葉。
　先輩の好意を一度拒んだ私に、嫌だと言う権利はない。
　私を選んでなんて、言える立場じゃない。
　それに……やっぱり、先輩の気持ちは嘘だったんだと思った。
　私を好きって言ったのは、きっと気まぐれ程度のものだったんだ。
　私で、遊んでいるだけ。
『杏が好き』
　もう……私が好きだった先輩は、いないっ……。
「なんだよそれ。俺はお前に聞いてんの」
　私の返事が不満だったのか、先輩は不機嫌さを露わにした。
　そんなの……私に判断を委ねられても、困る。
　先輩は、なんて言えば満足なの……？
「……先輩が他の方と付き合うなら……応援、します」

背中を押せば、満足……？
　つかの間の静寂が、生徒会室に流れる。
　それを破ったのは、
「はーあ……」
　先輩の、深いため息。
「お前、ほんと可愛くない」
　私をじっと見つめながら、そんな言葉を吐いた。
　……っ。
　そんなの、私が一番……わかってる。
　先輩の言葉が、刃のように私の心臓に突き刺さった。
　もう私に興味はないとでもいうかのように、女の人の肩に手を回した先輩。
「お前は？　俺のこと好きなの？」
「だーいすき！　あたしは悠牙だけだよ！」
「ふっ、そっか。お前は可愛いね、どっかの杏ちゃんとは違って」
　もう、限界だった。
　こんなところに、いられないっ……。
「それじゃあ、失礼します……」
　逃げ出そうと思って、２人に背を向けた。
　これ以上ここにいたら、変なこと、口走ってしまいそうでっ……。
　それなのに、そんな私を引き止めるように、つかまれた手。
「……待って」

先輩はがっちりと、逃げられないように私の腕をつかんだ。
「なんか言うことあるでしょ？」
　……な、に？
「最後まで何も言わないの？」
　……っ。
　まるで別の言葉を求めているんだと訴えてくるような先輩の視線に困惑する。
　何を、言えばいいの……？
　ここまで言われて『好き』なんて告白できるほど、私は強くないよっ……。
「もう嫌われちゃってるのに……何も言えませんっ……」
「じゃあいったい、お前は何を言いに来たわけ？」
「やだっ……！　放してください……！」
　とにかくここから出ていきたくて、先輩の手を無理やり振り払い生徒会室を飛び出した。
「おい！　杏‼」
　私の名前を呼ぶ先輩の声を無視して──。

「はぁっ……はっ……」
　無我夢中で走って、気づけば３階の美術準備室へとたどりついていた。
　ここはあまり使われておらず、いつもは人もいない。
　今日も人影はなく、私は教室へと入った。
　壁にもたれかかるように座り、うずくまる。

脳裏に浮かぶのは、先輩と女の人のキスシーン。
　　ほんと……最悪、だ……。
　　あんな光景……見たくなかった。
　　頭の中から、掻き消してしまいたい。
　　それでも消えてくれなくて、頭から離れない。
　　失恋、したんだ……。
　　はっきり、言われちゃった……。
『お前は可愛いね、どっかの杏ちゃんとは違って』
　　先輩の言葉が、鮮明によみがえる。
　　気持ちすら伝えられなかった……伝えたって無駄だけど。
　　……こんな終わり方、あんまりだ。
　　先輩は、ひどいっ……。
　　それでも先輩が好きだと思ってしまう心が、抑えられなかった。
　　悲しくて、たまらない……。
「せん、ぱいっ……」
　　耐えきれずに、零れた言葉。
　　呟いたその名前は、誰にも届くことなく消えてしまうはずだったのに……。
　　──ガラッ！
　　突然開いた教室の扉。
　　慌てて顔を上げると、そこにはよく知る人の姿があった。
「……杏ちゃん！　いたっ……！」
「翔、くん……」

どうして、ここに……っ。
「様子がおかしかったから心配で探してたんだ。でも見つからなくて……。諦めて教室に帰ろうとしたら、走ってる杏ちゃんの姿が見えたから……」
　走ってきてくれたのだろうか、少し乱れた呼吸の翔くん。私は慌てて涙を拭いた。
「ご、ごめんね……！　心配してくれてありがとうっ！」
　こんな情けないところ、これ以上翔くんに見られたくないな……。
　笑顔を作って翔くんのほうを見れば、なぜか翔くんの顔が歪められた。
　なぜか苦しそうな表情で、私を見つめてくる。
「――あの会長と、何かあった……？」
　……え？
「杏ちゃんさ……やっぱり、会長のこと好きなの？」
　……っ。
「ど、うして……？」
　わかった、の？
「どうしてって……うん、そうだよね。気づいてないよね」
「……？」
「僕、ずっと杏ちゃんのこと見てたから」
　……ずっと、見てた……？
　私、を？
　翔くんの言葉の意味がわからなくて、首を傾げる。
　確かに、翔くんとは入学してからすぐに仲良くなって、

ずっと一緒にいたけど……そういうことじゃ、ない、みたいな言い方……。

今まで見たことのない翔くんの真剣な表情に、息を呑む。
「翔くん……?」
「取られてから、後悔したくないから、僕もちゃんと伝えようと思ってたんだ」

後悔……?
「なんのこと……?」
「うん。あのね、杏ちゃん」

翔くんは私の名前を呼んで、こちらへ歩み寄ってきた。

私の目の前で距離を詰めて立ち止まった翔くんは、逸らすことなく瞳をじっと見つめてくる。

綺麗な唇がまるでスローモーションのようにゆっくりと開かれるのを、私は眺めていた。
「僕ね、杏ちゃんのことが好きなんだ」
――え?

どうしたんだろう翔くんってば、改まって……。
「私も大好きだよ!　翔くんのこと。いつもありがとう!」

なんだか嬉しくて、悲しかった気持ちが少しだけ和らぐ。

けれどそんな私とは裏腹に、翔くんは真剣な眼差しをこちらへ向けていた。
「違うんだ」
「……え?」
「僕の好きは、杏ちゃんの好きと同じじゃないんだよ」

同じじゃない……?

「僕は……恋愛対象として、杏ちゃんが好きだ」
「……っ」
「僕と、付き合ってほしい」
　……待、って……。
　そんな素振り、全然……見せなかったのに……。
　翔くんの真剣な表情が、冗談を言っているようには見えなくて、ごくりと息を呑む。
「あ、の……」
　どうしよう………どうし、よう……っ。
　私、なんて答えればいいんだろう……。
　こんなときに、告白、なんて……っ。
　それに、翔くんが私のことを、そういう意味で好きでいてくれているなんて思いもしなくて、言葉が出てこない。
　それでも、１つだけ、言えるのは……
　──私は翔くんの気持ちに、応え、られないっ……。
「ごめん……なさい……」
　口から出た、謝罪の言葉。
「それは……会長と、付き合ってるから？」
　翔くんの問いかけに、私は首を左右に振った。
　付き合ってなんて……ない。
「ううん……違うの。ただの私の、片思いで……」
　もう先輩と私には、なんの関わりも残っていないから。
「え？　片思い？　……どういうこと？」
　翔くんは、なぜか驚いた様子で私の顔を見つめてきた。
　その視線から、目を逸らす。

私はズキズキと痛む胸を押さえながら、ゆっくりと口を開いた。
「振られちゃったから、付き合ってないよ。先輩、新しい彼女さん、できたみたいだし……」
　言葉にすると、なおさら惨めな気持ちになる。
　ただ振られただけではなく、私の心には、深い傷が残った。
「何、それ……」
　ふわり、と、温かいものに包まれる。
　翔くんに抱きしめられているのだと気づいて、私は驚きのあまり涙が止まった。
「しょう、くん？」
「そんな男、忘れたほうがいい」
　そう口にする声は、怒りで震えているみたいだった。
「ねぇ……僕じゃ、ダメ？」
　耳元で囁かれた言葉。
　切ないその声色に、ごくりと息を呑む。
「あ、の……」
　なんて言えばいいか……わからない。
　さっき、あんなことがあったからかな……？
　この胸に、甘えたくなってしまうのは。
　でも、そんなの卑怯だ。
　先輩に振られたからといって、翔くんに甘えるのは違う。
　そう思って、断ろうとしたとき。
「僕が会長なんか、忘れさせてあげる。今はあいつのこと

が好きでもいいから……お願い、僕を選んで」
　——私の心が揺れるには、十分だった。
「僕だったら、絶対に杏ちゃんのこと、泣かせたりしない」
　私を抱きしめる腕に、力が込められている。
　翔くん……。
　そんなにも、私のことを思ってくれているなんて、知らなかった。どうして今まで、気づかなかったんだろう。
「杏ちゃん」
「僕と、付き合って——」
　バンッ！
「何してんの？」
　教室の扉が、荒々しく開かれる。
　開いた主は、ドスのきいた声を出しながら、教室に足を踏み入れた。
　どうして、先輩がいるのっ……。
「邪魔、どけ」
「あなたこそ、邪魔なんで出ていってくれませんか？」
　翔くんは、私を抱きしめたまま、先輩から隠すように身を挺してくれる。
「しゃべんな。杏から離れろ」
「そんなこと、あんたに言われる筋合いはない」
　翔くんの腕で隠されているから、先輩の顔は見えないけど……その声色だけで、激怒していることが手に取るようにわかった。
「……杏、こっちおいで」

反して、優しい口調。
　私に向けられた言葉に、そっと首を横に振った。
「……やっ……」
　もう、先輩のもとには行かない。
　もう……これ以上、先輩に振り回されたく、ないっ。
「……チッ」
　室内に響いた、先輩の舌打ち。
　そして、次に響いたのは、近づいてくる足音だった。
「おい、手どけろ」
　……っ。
「いい加減にしろよ。杏ちゃんが嫌がって——」
「うるせえんだよ、部外者は黙ってろ」
　今まで聞いたことのない荒い口調の先輩は、翔くんの腕を振りほどき、私の腕を引っ張った。
　視界に映った先輩の顔は、予想とは違って……。
　怒りに満ちていたけれど、なぜか泣きそうな顔をしているようにも見えたんだ。
　先輩に腕を引かれ、連れていかれそうになる。
「行くよ、杏」
「や、やだっ、放して……！」
　行くよって、何っ……？
　もう話すことなんて、何もない。
　それに……他に恋人がいるくせに、こんなこと……しないでっ。
「助けて、翔くんっ……！」

空いているほうの手を、翔くんに伸ばした。
　追いかけてきてくれる翔くんの手を、つかもうとしたけど……。
「……他の男の名前、呼ぶな」
　先輩は私を連れて教室を出ると、翔くんが出る前にバタンと扉を閉めた。
　そして、近くにあったホウキを取り、扉に立てかける。
　え？
「ちょっ……開けろよ‼　おい‼」
　外から出られないようにされ、翔くんは教室に閉じ込められてしまった。
　う、嘘……。
「先輩っ、放して……！」
「……」
　無言のまま、私の手を引いてどこかへ向かう先輩。
　本当に、先輩の行動がわからない。
　どうして……この手を放してくれないの？

「……他の男になんて、渡さない」

　結局私の抵抗も虚しく、連れてこられたのは生徒会室だった。
　さっきまで彼女さんがいた生徒会室で、なぜか今、先輩と2人きり。
「……で？」
　生徒会室に入るなり、先輩は私の手を握り、口を開く。
「俺に話があったんじゃないの？」
　息を呑むほど美しい顔が至近距離に来て、思わず視線を逸らした。
　先輩は、ひどい……ほんと、悪魔みたい……っ。
「言ってくれなきゃわからないから、言って」
「……」
「言わねーとこのまま帰さないけど、いいの？」
　どうして、そんなこと言うのっ……？
　先輩は私に、何を言わせたいの？
　何を言えば……満足して、くれるのっ……？
「話なんて……ないですっ……」
「そういう嘘、いらないから」
「も、もう、忘れるからいいんです……っ」
「何を？」
「……先輩の、ことっ……」
　……あっ……。

口が滑って、とっさに言葉を呑み込んだ。
「忘れるって、俺のことが好きだから？」
　……っ。
　どうしてっ……。
　きっと、全部わかってるんだ。
　私の気持ちも……全部。
　先輩は、私にそれを言わせて、いったいどうしたいの？
　先輩はもう、私のことなんて好きじゃないくせにっ。
「もう、ほんとにいいからっ……彼女さんと、お幸せにっ」
　泣きたくなんてないのに、これ以上先輩に振り回されたくなんてないのに、涙が溢れて止まらない。
　先輩に見られたくなくて、必死に顔を逸らした。
　それなのに、先輩はそれさえも許さないとでもいうかのように、私の顎をつかんでくる。
　そのまま上を向かされ、私のぐちゃぐちゃの顔が露わになった。
　先輩は、私を見つめながら、口角を上げる。
「あーあ、ボロボロ」
　片方の手で私の涙をそっと拭った先輩は、そのまま顔を近づけてきた。
「さいっこーに、可愛い」
　──ちゅっ。
「……っ！」
　な、に……。
　生徒会室に響いたリップ音。

それは、私と先輩の唇が重なった音だった。
　あ、りえない……。
　彼女がいるのに、私とキス、するなんて……っ。
「やだっ……先輩、放して……！　ほんとに、放してくださいっ……」
　あの女の人とキスしてたのに……最低だよっ……。
「だーめ、一生放さない。……他の男になんて、渡さない」
　必死に逃げようともがく私を壁に押さえつけて、何度も唇を重ねてくる先輩。
　その意図がわからなくて、涙が頬を濡らす。
「ん……杏、可愛い……」
　う、そっ……。
「や、せん、ぱっ……んんっ……んぅ……」
　先輩さっきここで、私のこと可愛くないって言ったもんっ……。
　もう、これ以上惑わせないでっ……。
　精いっぱいの力を振り絞って、先輩の身体を押した。
　それが抵抗になったのかはわからないけど、先輩はようやくキスをやめてくれる。
「先輩……ひどいですっ……彼女いるのに、キスなんてしないでくださいっ……」
　私はさっきのキスを忘れるように、唇をゴシゴシと擦った。
「なに言ってんの、俺の彼女は杏でしょ」
　――え？

なに言ってるの、先輩……。
「う、そ……先輩、さっき別の女の人と付き合うって言いました……！　私のことなんて好きじゃないくせにっ」
　抱きしめようとしてくる先輩の身体を跳ね除けて、抵抗する。
　けれど先輩は私を軽々と捕まえ、すっぽりと抱きしめてきた。
　温かい身体に包まれて、また涙が止まらなくなる。
「さっきのは違うから。俺は杏を試しただけ。あいつはそのための道具。俺はいつだって、杏しか愛してないよ」
「……わけ、わかんない……っ」
「杏が素直にならないから、俺のこと好きだって、わからせてあげようと思って」
「もう、やめて……ください……」
　私のこと……からかわないでっ……。
「あーあ……泣かないで、杏」
「……うっ」
「なんで泣いてるの？」
「なんで、って……先輩が、意地悪、ばっかり……っ」
「俺のせいで泣いてんの？　ふっ……それ、最高に可愛い」
　今可愛いなんて言われても、全然嬉しくないよっ……。
「先輩は、私のこと好きじゃない、です……」
「は？　なんで？」
「好きな子に、こんな意地悪……普通しませんっ……」
「ごめん、俺普通じゃないの。好きな子に意地悪するのが

大好きな変態だから」
　あっけらかんとそう答える先輩の言葉を、信じられなかった。
　先輩が私のことを好きなんて、少しも思えなかった。
　だって、さっき、あんな……。
　あんな光景を見せられて、何を信じろっていうの……？
「こら、どこ行くの？」
　逃げようとしたら、腕をつかまれた。
　もういい加減、放してほしい。
「帰り、ますっ……」
「ダメに決まってんだろ。こーんな可愛い杏、俺以外に見せるわけない」
「先輩にそんなこと言われる筋合いないですっ……私たち、もう恋人でもなんでも……」
「なに言ってんの？　さっきから言ってるでしょ。俺は杏を愛してる。杏は俺の彼女なの」
　先輩の、声のトーンがあからさまに下がった。
　不機嫌丸出しで私を見つめる先輩に、ゆっくりと口を開く。
「じゃ、別れます……」
　きっと、誰にでも言ってるんだ……。
　さっきみたいに、可愛い、好きって、私以外の女の子にも、言ってるんでしょう……？
　先輩のこと、好き……でも、もう信じられない。
　先輩のくれる言葉が、本心だと思えなかった。

きっとこのまま流されて付き合ったとしても、私は傷つくんだ。
　私以外の人に愛を囁く先輩を見て、傷つく未来しか見えない。
　だったらもう……今、諦めたほうがいい。
　好きなんて伝えたら、きっと後戻りできない気がした。
「……俺から逃げられるとでも思ってる？　もう手遅れだよ」
　私の手をつかんだまま、頬を撫でてくる先輩。
「だって……もうこんなの耐えられませんっ……先輩の言葉、もう信じられない……」
「何が耐えられないの？」
「……っ、先輩、さっきから質問ばっかり……、自分は何も言ってくれないのにっ……」
「なんで？　言ってるじゃん、杏のこと好きだって」
「先輩の好き、は……軽いです……さっきだって……あの女の人に可愛いって……私には可愛くないって……」
　言ったじゃない……っ。
「あんなの嘘に決まってるでしょ？　あの女が可愛いなんて思うわけないじゃん。俺は杏しか可愛いって思わない」
　そう言って、私の頭を優しく撫でた先輩。
　絆されてしまいそうになって、慌てて視線を逸らした。
　優しく、しないでっ……。
「……っ、もう、ほんとにやめてっ……！　からかわないでください……」

「からかってないよ」
「もう、嫌い……先輩なんて大嫌いですっ……私なんか放って、早く彼女さんのところに——」
「杏!」
　私の言葉を遮るように、先輩が大きな声を出した。
　……っ。
　真剣な表情で私を見つめる水色の瞳から、目を逸らせなくなる。
　せん、ぱい……?
　ゆっくりと、先輩の手が伸びてきた。
　その手が、そっと包み込むように、私の頬に触れる。
「……ごめんね。俺が悪かった」
　本当に申し訳なさそうな表情をして、私を見つめる先輩。
「杏がいつまで経っても俺を好きって認めないから、ちょっと意地悪した」
　……え?
「俺がこんなに好きって伝えてるのに、頑(かたく)なに付き合ってないって言うし、他の男と仲良さげにしてるし……杏の気持ち、確かめたかった」
　何、それ……。
「俺は杏が好き。大好き。杏しか無理。あの女はほんと関係ない。信じて」
「……っ、でも……」
　本当に……?
　私は、先輩のこと信じていいの?

どうするべきかわからなくて、唇を噛みしめる。
「杏は？　俺のことどう思ってる？」
　　先輩の言葉に、言葉が詰まった。
「それ、は……」
　　……好き。
　　先輩のことが、好き。
　　でも、やっぱりさっきの……先輩が他の女の人とキスしていた光景が離れなくて、胸が痛む。
「……どうすれば、俺が杏しか見えてないって信じる？　俺の全部で証明するから、教えて？」
「……付き合ってる人……いない、ですかっ……？」
「杏以外に、いるわけないでしょ？」
「う、浮気……しないでくれます、かっ……？」
「俺は杏以外どーでもいいから、絶対しない」
　　止まっていた涙が溢れ出して、じわりと視界が滲む。
「……私……だけ？」
　　今にも溢れそうな涙を堪え、先輩を見上げた。
「杏だけだよ」
　　返ってきた言葉に、堪えていたものが溢れ出す。
　　ポロポロと零れる涙が、頬を伝っていった。
　　信じ、たいっ……。
　　先輩の、言葉。
　　まだ私のこと……好きでいてくれたっ……。
「ふ、うっ……先輩っ……」
「ごめんね、おいで」

私先輩の胸に、抱きついた。
「私、先輩と仲直りしたくて……来たのに……他の女の人とキスしてた、から……もう嫌われちゃったかと思っ……うっ……」
「うん、意地悪しすぎた。ごめんね杏。でも本当はキスなんてしてないよ。杏以外とは気持ち悪くてできない」
「……ほん、とっ……？」
「ほんと。杏のほうから見てキスしてるようにしてただけ」
　じゃあ、本当に、何もなかったんだっ……。
　そう思ったら安心して、涙腺が切れたみたいに涙が止まらなくなる。
　よかったっ……先輩が、私を好きで、いてくれて……。
　諦めなくて、いいんだ……っ。
　背伸びをして、先輩の顔と自分の顔を近づけた。
「せんぱいっ……」
　嬉しくって、首に腕を回して、その頬にキスをした。
　先輩が、目を見開いて私を見る。
　自分がした行動の大胆さに気づいて、途端に恥ずかしくなった。
　わ、私……なんてことっ……。
「……なに可愛いことしてんの？」
　先輩が、焦ったような掠れた声を出した。
　頬に手を添えられ、無理やり視線を合わせられる。
　先輩の瞳に欲望が映っているのが見えて、ごくりと息を呑む。

「なぁ、自分のしたことわかってる？」
「え、えっと……」
「杏が思ってる以上に、俺杏に夢中なの。そんなことされたら、止まらなくなる」
　どうやら私は何かのスイッチを押してしまったらしく、先輩からのキスの雨が降ってきた。
　熱い唇が何度も押し当てられて、息ができない。
　苦しくて、先輩の胸を何度も叩いた。
「やっ……せん、ぱ、いっ……」
「こーら、逃げない」
　ち、窒息死、しちゃうっ……。
　冗談抜きにそう思ったのに、先輩はまだ解放してくれなくて、頭をつかまれた。
「煽ったのは杏のほうでしょ？　……ちゃんと責任取って」
「ダ、メ……っ」
「なに言ってんの？　こんなんじゃ全然足りない」
　完全に男の顔をした先輩に、不覚にも胸が高鳴った。
「さんざん俺のこと焦らして、妬かせたくせに」
　……？
「……妬、く？」
　先輩が……？
　不思議に思ってそう聞き返すと、先輩はなに言ってんのとでも言いたげな顔でキスを中断させた。
　ようやく解放されて、新しい酸素をめいっぱい吸い込む。
「は？　何とぼけてんの？」

不機嫌な先輩の様子に、心当たりがない私は首を傾げる。
　妬くって……いつ？
「……くっそ、何がキョトンだよ。そんな可愛い顔したって許さないから」
　か、可愛い顔なんて、してないけどっ……。
「さっきの何？　安堂翔に抱きしめられてたけど」
「……っ、あれ、は……」
　ど、どうしよう……。
　告白されました、なんて言わないほうがいいよね……。
　それに、翔くんにも、ちゃんと断らなきゃ……。
「何？　告白でもされた？」
「……っ」
「……は？　図星？」
「え、えっと……すみません」
　先輩の機嫌が、あからさまに悪くなる。
「ちゃんと断ったの……？」
「……」
　ちゃんとは……断って、ない……。
　黙った私に、先輩は察したのか、突然立ち上がった。
「行くよ」
「え？　ど、どこに……」
「安堂のとこ」
「え!?」
「ちゃんと断って。俺の彼女になったって、伝えて」
　私の手を引っ張り、生徒会室を出た先輩。

もう、本当に強引すぎるよ……。
　でも、確かにちゃんと、言わないと。
　私を好きだと言ってくれた翔くんに……私もちゃんと、向き合わなきゃ。

　先輩が翔くんを閉じ込めた教室に戻ると、翔くんはまだ、閉じ込められたままだった。
　本当にごめんね、翔くんっ……！
　──ガララッ
「翔くん……！」
「杏ちゃん……！　無事だったの!?」
「う、うん」
　慌てて私に駆け寄ってきてくれた翔くんが、私の肩に触れようとしたとき、先輩の腕が横から伸びてきた。
「触るな」
「……あんた、本当に最低だな。杏ちゃんの気持ち無視して、振り回して……」
「ち、違うの翔くんっ……」
　先輩を睨みつける翔くんに、慌てて否定を入れた。
　翔くんは、私のほうを見て「え？」と声を零す。
　言わなきゃ……。
「あの……本当に、ちゃんと付き合うことに、なって……」
「……杏ちゃん」
「だから……ごめん、なさい。翔くんの気持ちには……応えられない」

そう言って、私は深く頭を下げた。
　真剣に告白してくれた翔くんの気持ちに応えられなくて、本当に、ごめんなさい。
「それは……無理やりじゃ、なくて？」
　翔くんの言葉に、顔を上げる。
「うん。私が先輩のこと……好きなの」
　はっきりそう伝えると、静まり返るその場。
　気まずい静寂を破ったのは——。
「わかった。ちゃんと言ってくれて、ありがとう」
　翔くんの、優しい台詞。
　……翔くん、優しすぎるよ……。
　こんなに素敵な人が、どうして私なんか好きになってくれたんだろうと思う。
　翔くんにはきっと……私なんか比べものにならないくらい、いい子が現れると思った。
「そういうことだから、もう杏のことは諦めてね、翔くん」
　さっきまで後ろで見ていた先輩が、作ったような笑顔を浮かべてそう言った。
「諦める？　どうして？」
　……え？　翔、くん？
「場合によっては、僕にもつけ入る隙はあるよね？」
　……っ、え？
　いたずらっ子みたいに笑う翔くんに、私は思わず一歩後ずさる。
「……なに言ってんの？」

「いつでも奪いにいきますよって言ってるんですよ」
　挑戦的な顔をして先輩を見つめる翔くんは、いつもの柔らかいオーラをまとう翔くんじゃない。
「翔、くん……なんだか変だよ？」
「うん、好きって伝えたら、吹っきれたみたい。これからは全力でアタックすることにした」
　翔くんは、私を見つめてにこりと笑う。
「覚悟しててね、杏ちゃん」
　え、ええっ……！
「……っ」
「そんな困った顔しないで、今はおとなしく身を引くから」
「会長に泣かされたら、いつでも僕のところに来てね」と言って、満面の笑みを浮かべている翔くん。
　私たちを見つめる先輩から、どす黒いオーラが放たれていた。
「おい、いい加減にしろよ。杏に手ぇ出したら、許さないから」
　お、怒ってらっしゃる、先輩……っ。
「あなたのことなんて別に怖くありません。……これで、正式にライバルですね」
　翔くんはまるで先輩を煽るかのように、宣戦布告をする始末。
　先輩の怒りは沸点を超えたのか、顔からは笑顔が消えていた。
「……早いうちに処分しようか」

「せ、先輩っ、怖いこと言わないでください！　も、もう帰りましょう？」

　ま、まずい、このままここにいたら、先輩の機嫌がますます悪くなっちゃう……！

　もう、今日は帰ろう……！

　そう思ったけど、先輩は翔くんを睨んだまま、動こうとしない。

　すると、口を開いたのは翔くんだった。

「今日のところは引き下がるよ。僕、帰るね。バイバイ杏ちゃん」

　手を振った翔くんに、ほっと胸を撫で下ろす。

「バ、バイバイッ、翔くんっ……！」

　ふう……なんとか収まった……。

　でも、安心していたのは私だけだったらしく……。

「あいつ、二度と杏に近づけないようにしてやろうかな」

　先輩の怒りは収まるどころか、溢れて止まらないようだった。

　先輩が言うと冗談に聞こえないから、怖いっ……。

「今日まで我慢してきたけど、もう無理」

「……え？」

　我慢……？

「何を、ですか？」

「あいつの態度。杏への」

「……？」

「何キョトンとしてんの？　あいつ、杏への気持ちだだ漏

れじゃん。杏だって警戒心薄いし、俺がどれだけイラついたか……」
　本当に腹立たしそうにそう言った先輩は、私の頬を摘んだ。
　先輩も、ヤキモチとか、焼いてくれてたんだ……。
　不謹慎(ふきんしん)だけど嬉しくて、頬が緩んでしまう。
「……チッ、ムカつく」
　舌打ちをして、私の顎をつかんできた先輩。
「俺のなんだから、他の男に好きって言われんの禁止」
　そんな暴君みたいな発言をして、私の首筋に顔を埋めた。
　え？　な、何っ……？
「マーキングしとかなきゃ……」
「先……んっ」
　先輩の唇が私の首筋に触れて、チクリとした痛みが走った。
　い、今の何っ……！
　先輩、噛んだ……？
　何が起こったのかわからず、困惑して先輩を見つめると、再び降ってくる唇。
　今度は頬にちゅっとキスされ、みるみるうちに顔に熱が集まった。
　先輩は、満足げにニヤリと微笑んで、私の髪をいじる。
「杏。これからは、あんまりヤキモチ焼かせないでね」
　焼かせないでって言われても……。
「約束、な？」

「先輩もっ……」
　そんなの、私の台詞ですっ……。
「ん？」
「あんまり、その……ヤキモチ……」
「何？」
「だからっ……あの……」
　ニヤニヤと不敵な笑みを浮かべ、私を見つめる先輩。
　これは絶対に、確信犯だっ……。
「……意地悪……うっ」
　ヤキモチ焼かせないでくださいって……私の言いたいことなんて、わかっているくせに。
　先輩の意地悪は、両思いになっても継続されるらしい。
「ふふっ、ごめん。だって、杏が可愛い顔するから」
「？」
「ほら、またそんな顔する。煽ってんの？」
「ち、違いますっ……」
「ふふっ、はいはい。じゃあお互いに約束だね」
「ヤキモチ焼かせるようなことはしないって」と付け足し、同意を求めるように視線を送ってくる先輩。
　その視線に従うように、こくりと頷いた。
「ん、いい子。可愛い」
　何度目かのキスが、今度は額に降ってくる。
　なんだか……夢みたい。
　私、本当に先輩と両思いに……。
　……ちゃんと、彼女になれたんだ。

「……ま、そんな約束しなくても、俺は杏以外に目移りしたことなんて、今まで一度もないけどね」
「……え？」
「なんでもない。……ね、今日は一緒に帰ろっか。俺の家行こう」
「はいっ」
　その後、先輩の家にお邪魔した私は、ずっと抱きしめられ、合間にキスをされ……帰るまで、先輩に放してもらえなかった。

「無自覚って、ほんとタチ悪いな」

　……う、うぅ……。
　私は今、先輩の車の中。
　先輩の膝の上に座らせられながら、家まで送ってもらっている。
「せ、先輩……」
「ん?」
「そ、そろそろ放してくれませんかっ……?」
「いーや」
「……お、お願いしますっ……」
「そんなに俺から離れたいの?」
　不機嫌そうな先輩の声に、首を左右に振る。
　そうじゃ、なくて……。
「し、心臓が、ドキドキして、壊れちゃいそうなのでっ、放して、くださいっ……」
　きっと、先輩にも聞こえちゃってるっ……。
　ただでさえ、先輩と両思いになって嬉しくてどうにかなっちゃいそうなのに……これ以上、心臓もたないっ。
　なぜか黙り込んでしまった先輩。
　車内に、静寂が流れる。
「……杏」
「は、はい……」
「……それ、逆効果だから」

……え？
　　どういう意味ですか？　と聞き返す前に、唇を塞がれた。
　　先輩の、それによって。
「んっ……」
「俺に火つけてどーすんの。……ほんと、こっちが理性壊れそうなんだけど」
　　離れては重なるキスを繰り返す先輩。
　　何度しても慣れなくて、呼吸が苦しくなってきた私は、先輩の胸を叩いた。
　　ようやく解放されて、ぷはっ……と息を吸い込む。
　　急に、どうしてっ……。
「は、放してって言ったのにっ……」
「杏が煽ったんでしょ？　無自覚って、ほんとタチ悪いな」
　　む、無自覚……？
　　なんのこと言ってるの、先輩……？
　　首を傾けたとき、車が停車した。
　　いつの間にか家についていたらしく、運転手さんに感謝の気持ちを伝えて車を降りようとする。
「送ってくださって、ありがとうございました……！　また、明日」
「待って。今日さ、杏のお母さん家にいる？」
　　……お母さん？
「いますけど……どうかしたんですか？」
「お邪魔させてもらっていい？　挨拶したくて」
「あ、挨拶？　そんなのいいですよ！」

「……ダメ？」

捨てられた子犬みたいな顔をして私を見る先輩に、良心が痛んだ。

そ、そんな顔されても……というか、挨拶って、なんの挨拶？

もしかして、か……彼氏ですって、言うの……？
「は、恥ずかしいので、やっぱり大丈夫ですよ……！」
「俺がちゃんとしたいの。これからも、放課後出かけたりすること増えるでしょ？ 杏の恋人がいい加減なヤツって、思われたくないから」

先輩……そんなこと、考えてくれてたんだ……。

そこまで言われたら、断れない……。
「それじゃあ、お願い、します……」

そう言うと、先輩は嬉しそうに笑った。

「ただいま……」
「おかえりなさい、杏」
「お母さん……あのね、お客さんが来てるんだけど……」
「お客さん？ って、あら」

お母さんは、私の後ろに立っている先輩を見て、大きく目を見開いた。

お、驚いてる……そうだよね、今まで彼氏なんて連れてきたことないし、そもそもできたことも、なかったから……驚くよねっ……。

やっぱり、身内に恋愛の事情を知られるのは、恥ずかし

い……っ。
「お久しぶりです、杏のお母さん」
　——え？
「まあ！　その目の色、あなたもしかして悠牙くん！」
「はい。突然お邪魔してすみません」
　……ま、待って……。
「いいのよ！　久しぶりに会えて嬉しいわ！　ほら、どうぞ座ってちょうだい！」
「ええっと……あの、２人は、知り合いなの……？」
　１人状況がわからず、恐る恐る尋ねた。
　お母さんは、キョトンとした顔をする。
「なに言ってるの杏。小さい頃、ずっと一緒に遊んでたじゃない」
　……。
　……う、嘘……。
「も、もしかして、先輩……」
　忘れていた記憶が、少しずつよみがえってくる。
　——そうだ。
　入学式で感じた、あの……懐かしい感じ。
　先輩、まさか……。
「ゆう、くん……？」
　口から零れた、懐かしい名前。
　先輩は、にこっと微笑んで、口を開いた。
「やっと思い出した？」
「ど、どうしてっ……」

まさか……そんな……。
　……先輩が、ゆうくんだったなんてっ……！
「お母さん、今僕、杏ちゃんとお付き合いさせていただいてます」
「まあ！　やっと！」
　や、やっと……？
　何その……こうなることがわかってみたいな言い方。
「お、お母さん、どういうこと……？」
「どういうことって、悠牙くんず～っと杏のこと好きだって言ってたのよ～。うふふっ、内緒にしてくださいねって言われてたから、お母さんずっと黙ってたのっ」
　語尾にハートマークがつきそうな口調でそう話すお母さん。
　待って待って、全然話が見えない……。
「ほんとよかったわね～。悠牙くんになら、安心して杏のこと任せられるわ～」
「今日はお赤飯炊かなきゃね！」と、音符マークを飛ばしながら嬉しそうにしているお母さんの姿。
　私はいまだに状況が呑み込めず、ポカンと口を開けたまま先輩を見つめた。

　幼い頃、近くに住んでいる男の子がいた。
　記憶は曖昧だけど、毎日のように２人で遊んだのを覚えている。
　でも、私が小学１年生のときに、引越してしまったんだ。

『杏……大きくなったら迎えに行くからね』

『ほ、ほんとに……？』

『うん。俺のこと、待ってて』

　今になって、思い出した。

　引越しの前日に交わした、約束を──。

「どうして、言ってくれなかったんですか……っ」

　お母さんのひと言で、家でご飯を食べていってもらうことになり、夕飯ができるまで私の部屋にいることになった。

　先輩は私を見つめて、ニヤリと笑う。

「だって、杏が俺のこと忘れてたから」

「わ、忘れてたわけじゃ……」

「嘘だ。全然気づかなかったでしょ。俺のお嫁さんになるって約束したくせに」

　先輩は、不貞腐れたように私に背を向けた。

「だ、だって……先輩、すごく成長してたし……」

「そんな言い訳とかいらない」

　怒ったフリだろうけど、私のほうを向いてくれない先輩。

　うっ……困った……。

「ご、ごめんなさい先輩……」

「……」

「す、ごく……かっこよくなってたから……っ」

「……へぇ」

「せ、先輩……？」

「杏から見て、俺ってかっこいいの？」

「……っ」

ようやくこちらを見てくれた先輩は、随分と上機嫌な顔をしていた。
　不敵な笑みを浮かべながら、じりじりと私のほうへ詰め寄ってくる先輩。
「ね、言って？　かっこいいって」
　こ、こんなこと……前にもあったような……。
　でも今は、全然違う。
　好きになる前と今とじゃ……。
「ド、ドキドキするので、あんまり近づかないで、くださいっ」
　心臓への負担が、違いすぎるよっ……。
　先輩の綺麗な顔が、すぐ目の前にある。
　私の顔、絶対に真っ赤だ……。
　見られたくなくて、先輩から逃げようとしたら、腕をつかまれた。
「…………あーあ」
「んっ……！」
　グイッと引っ張られ、そのまま噛みつくようなキスをされる。
「杏ってなんで、こんな可愛いことばっかするんだろ」
　なっ……。
　真顔で何を言い出すんだろう、先輩はっ……。
「今だけじゃない。俺は杏といるとき、ずっとドキドキしっぱなしなんだけど」
　耳元で囁かれた言葉に、更に熱が上がった気がした。

「再会したときから、ずっとね」
　……あ。
　そういえば、先輩……。
『杏も早く２人きりになりたいの？　じゃ、ちょっと急ごっか？』
　最初から、私の名前を知ってたのは、そういうことだったんだ……。
『俺は杏が好きだから大丈夫』
　あの、発言も……。
『でも、俺は杏が好き』
『……すげー好き』
　いったい、いつから……。
「あ、あの……」
「……ん？」
「いつから私のこと……その……好きでいてくれてたんですか？」
　こんなことを聞くのは恥ずかしいけれど、気になって仕方がなかったので、聞いてみた。
　先輩は、ゆっくりと綺麗な手を伸ばしてくる。
　そっと、私の頬に重ねられた。
「待ってて……って言ったでしょ？」
「……っ」
　う、そ……。
　そんな、前から？
「杏と出会ってから、俺は他に目移りしたことなんてない

よ。ずっと、杏だけが欲しかった」
　まっすぐに私を見てくる先輩の瞳は、真剣そのもの。
『早く、俺に堕ちて』
　先輩の言葉に秘められていた言葉の重みに気づいて、思わず涙が出た。
　私は、すっかり忘れちゃってたのに……。
「せ、ぱいっ……」
「ふふっ、なんで泣くの？」
「だって……嬉し、くて……」
「……可愛い。ほら、ぎゅってしよう」
　手を広げた先輩の胸に飛び込んで、ぎゅーっと抱きついた。
「こっち向いて」
「……んっ」
「ほんと、杏の泣き顔ってたまんない」
「泣き、顔？」
「そう。意地悪したくなる」
「なっ……ひどいっ……」
「でも、同じくらい、甘やかせたくもなる」
　そう言って、先輩は私の髪を撫でた。
　その触り方が本当に優しくて、愛されているのだと実感させてくれた。
「もう、俺のもんだから。絶対放してやらないから……」
「はい……放さないで、ください……っ」
「……そんなこと言っていいの？」

「え?」
「俺がどれだけ杏のこと好きか、まだ全然わかってないでしょ?」
　水色の瞳に見つめられ、目を逸らせない。
　吸い込まれちゃいそうになるほど、情熱的だった。
「これからじっくり教えてあげるから、覚悟してね」
　ゆっくりと、近づいてくる唇。
　私は抵抗することなく、目をつむった。
「嫌だって泣き喚いても逃がしてなんてあげないから」
　私を縛る言葉とともに降ってきた、甘いキス。
　先輩の腕の中で、たまらなく幸せを感じた。
　大好き……先輩。
「でも、偶然高校が一緒になって、よかったです……先輩とまた出会えて……」
「え?　偶然なわけないじゃん」
「……え?　……えっ……?」
「杏のお母さんに、お願いしたんだ。杏に俺と同じ高校志望させるように」
　ニヤリと口角を上げる先輩。
　……そ、そういえば……私が花美城学園を志望したのは、お母さんがやけに推してきたからだ。
　とくに志望校もなかった私は、それをすんなり受け入れ、入学した。
　まさかお母さんとゆうくんが繋がっているなんて、夢にも思わず……。

「ふふっ。俺の愛、なめないでよ」
「……こ、怖いです、先輩……」
「ちなみに、杏のお母さんから毎月杏の写真もらってたし。引越しした後ずっと」
　……へ？
　写真……？
「引越し前にお願いしたんだ。それから毎月、写真送ってもらってた。杏には内緒にしてくださいって言ったのは、杏が高校生になったら再会するって決めてたから」
「驚かせたかったからね」と言って、にっこり微笑む先輩。
　……。
「……や、やっぱり、お付き合いは考え直して──」
「だーめ、もう放してやんない」
　想像以上の溺愛を受けていたことに、私は今更気づいたのだった。

【side 悠牙】
　杏の家で夕ご飯をごちそうになって、俺は杏の家を後にした。
　その帰り道。車に揺られながら、今日の出来事を振り返る。
　……杏が、俺の恋人になった。
　その事実を考えるだけで、歓喜の震えが全身に走った。
　この世の幸福を全て手に入れたような気にさえなって、頬の緩みを抑えられない。

LEVEL.03 —溺愛— ≫ 169

「やばい……幸せすぎる……」
　そんな独り言を呟いて、息を吐いたとき、スマホが鳴る。
　電話の主は今日生徒会室で彼女のフリをしてもらった女で、今度はため息を吐き出した。
「もしもし？」
『あっ……悠牙？』
　……気安く俺の名前を呼ばないでほしい。
　俺の名前を呼んでいい女は、杏だけなんだから。
　いつかは名前で呼んでくれるようになるだろうか……と考えるだけで、だらしない顔になってしまう。
　杏に『悠牙』なんて呼ばれたら、それだけで理性を失う自信がある。
『ねぇ、さっきの話だけど、彼女にしてくれるっていうのは……』
「なぁ、俺最初に言ったよね？」
『えっ……』
「演技に付き合ってほしいって。お前に頼んだのはそれだけ。勘違いすんなとも言った。悪いけど、俺には可愛い彼女がいるし、もう話しかけてこないで」
　お前の役目はそれだけ。
　俺にとって杏以外の女なんて、どうでもいい。
『そんな……ひどい……！』
　まあ確かに、自分がゲスいことを言ってるのは認める。
　でも、杏以外に興味が持てないんだから、仕方ない。
　それに、それでもいいって言ったのはお前でしょ？

「もう切るから」
『ま、待って……』
『協力したんだから、あたしにだって何かくれてもいいでしょっ……？』
「……わかった。他の男紹介してやる。それでいい？」
『え？　ほんとに？　できれば、かっこいい人がいいんだけど……』
「任せて。1年に安堂翔っていうイケメンがいるから、今度セッティングしてあげる」

　そう言うと、女は嬉しそうに返事をして、電話を切った。
　……結局顔だけかよ。
　別にどうでもいいけど……それに、安堂にも早く別の女作ってほしいところだし。
　杏につきまとうのは、やめてもらわないと。
　俺の、可愛い彼女なんだから。
「あー……会いたい」
　さっき別れたばかりだというのに、もう禁断症状(しょうじょう)が出てきて、そんな自分に笑ってしまう。
　杏は俺のこと、意地悪とか余裕だとか言うけど、全然違う。
　むしろ、振り回されているのは、完全に俺のほうなんだ。
　杏の行動、言動、仕草や話し方、その全てが可愛くて仕方ない。
　愛しくて愛しくて……たまにいじめちゃうけど、それは許してほしい。

笑顔も照れた顔も、泣き顔も……大好きだから、いっぱい見たいって思うのは当然でしょ？
　俺の頭の中は、杏のことでいっぱいだから……。
　……杏も早く、俺に夢中になってね？
　俺の愛を、全力で受け止めて。

【side 悠牙】-END-

LEVEL.04
—蜜愛—

「間違えたら、キス一回ね」

「おはようタズちゃん!」
「おはよう。……どうしたの? 機嫌いいわね?」
「……えっ……!」
　タズちゃんの言葉に、顔がみるみる熱くなっていく。
　きっと鏡で見なくともわかるほど、私の顔は真っ赤に違いない。
「……何? なんかあったのね?」
「え、えっと……」
　私の隣の席に座ったタズちゃんが、じーっと疑いの目を向けてきた。
「……あの、ね……私、先輩とちゃんと付き合うことになったの……」
「……は? まだ脅されてたの!? あのバ会長許さない!!」
　バ、バ会長って、先輩のことっ……?
「タズちゃん、いくらなんでも"バ会長"はひどいよ……あはは」
「何もひどくないわ! あんの極悪男……あたしがぎゃふんと言わせてやる……! どうせまた無理やり言いくるめられたんでしょ!?」
　勘違いしているらしいタズちゃんは、拳を握りながら歯を食いしばっている。
「ち、違うの……! 私が、先輩のこと、好きで……」

「…………は？」
　タズちゃんの瞳が、これでもかというほど見開かれた。
　うっ……や、やっぱり、そういう反応に、なるよね。
　私、あれだけ先輩のこと否定してたから……うっ、今考えたら、先輩にひどいことたくさん言っちゃったなぁ。
「ほ、本気……？」
「う、うんっ……」
　大きく頷いてみせると、タズちゃんは「ふぅ……」と盛大に息を吐いた。
「…………そう。同意の上ならいいのよ」
　どうやら受け入れてくれたらしく、ほっと胸を撫で下ろす。
「ただし、いじめられたらあたしに言いなさい‼　ぶん殴ってやるから‼」
　たくましくそう言ってくれたタズちゃんに、嬉しくなって抱きついた。
「タズちゃん……ありがとうっ、大好きっ……！」
　本当に、タズちゃんが親友でよかった……。
「あたしもよ……しかし、まさかあたしの天使があの男の毒牙にかかるとは……うっ」
　謎の言葉を吐くタズちゃんに首を傾げながらも、笑顔を向けた。
「おはよう２人とも」
　背後から聞こえた声に、ビクッと身体を震わせる。
「あっ……翔くん」

振り返るとそこには、笑顔の翔くんが立っていた。
　どうしよう……少しだけ、気まずい……。
　こんなこと思ったら、翔くんにも失礼、だよねっ……。
　そう思っていつも通りに振る舞おうとしたけれど、なぜか私以上に、不自然な人が1人。
「……翔っち……、お、おはよう。今日もいい朝ね」
「どうしたの三宅？　なんか様子変だけど」
「な、何もないわよっ！　いつも通りですけどっ！」
「……そう？」
　翔くんも、タズちゃんの挙動不審な様子に首を傾げていた。
　私の隣の前の席に座った翔くん。
　くるりと振り返って私の顔を見ると、翔くんは穏やかな表情で口を開いた。
「今日の杏ちゃん、幸せそう」
　翔、くん……。
「……う、うん……」
「おめでとう」
　きっと本心からそう言ってくれているんだろうとわかる、翔くんの笑顔。
　私、翔くんの気持ちに応えられなかったのに、そんなふうに言ってくれるなんて……。
　翔くんの優しさに、胸がジーンと熱くなった。
「翔くん……、あ、ありがとう……！」
　これからも、仲のいい友達でいてほしいなぁっ……。

「あ、でも1つだけ」
「え?」
「昨日も言ったけど、僕は諦めないからね」
「……っ!」
　私を見つめ、不敵な笑みを浮かべている翔くん。
　恥ずかしくなって、思わず目を逸らす。
　そんな私たちのやりとりを見ていたらしいタズちゃんが、口を開いた。
「あら?　もう告ってたの?　なんだ、隠す必要なかったのね……疲れた……」
　……?
　さっきの挙動不審のこと……?
　何を隠すの?
　ていうか、もう告ってたって、どういう意味……?
　私を置いて、話すタズちゃんと翔くん。
「あれで隠せたつもりだったなんて、三宅も案外天然なんじゃない?」
「あたしが天然?　笑わせないでよ、しばかれたいの?」
　悪役さながらの形相になっているタズちゃん。
「タ、タズちゃんっ、顔がっ……!」
　せっかくの美人が台無しだよっ……!
　何やら不穏(ふおん)な2人の間に、入ろうとしたときだった。
「杏」
　……え?
　先、輩?

背後から聞こえた、先輩の声。
　慌てて振り返ると、そこには笑顔の先輩が立っていた。
「おはよ」
　どうして、私の教室にっ……？
　驚きながらも、先輩に歩み寄った。
「先輩っ……どうしたんですか？」
「顔見たくなって、来た」
　……っ。
　何、それ……。
　先輩は、私に手を伸ばすと、そのままポンポンと頭を撫でてくる。
「あれ？　顔赤いよ？」
「せ、先輩のせい、ですっ……」
　そう言うと、先輩は「ふっ」と笑った。
　その表情が綺麗で、不覚にもかっこいいと思ってしまう。
　うっ……ズルい。
　それにしても……女の子たちの視線が、すごい……っ。
　先輩の姿に、女の子たちは目をハートにしてこちらを見ていて、少しだけモヤッとした。
　先輩かっこいいから、仕方ない、けど……やっぱりモテモテなのは、心配になるなぁ……。
「きゃーっ、会長だよ……！」
「ね、声かけてみようよっ！」
　クラスでも可愛いと言われている女の子２人が、こちらに近づいてくる。

「でも鈴森さんと付き合ってるんでしょ?」
「別にいいじゃん話しかけるくらい!」
　すごく不安な気持ちになって、瞳をぎゅっとつむった。
「ごめんね」
　……え?
　先輩の声が、教室に響く。
　驚いて顔を上げると、私はあっという間に先輩に抱きしめられて、何が起こっているのかわからなかった。
　急に、な、なんでっ……。
　先輩はなぜか、見せびらかすように私を抱きしめ、近づいてきた女の子たちのほうを向く。
「俺、可愛い彼女がいるから、他の女の子とは話したくないの」
　……っ。
　シーン、と、静まり返る教室。
「ちなみに、俺の彼女に手ぇ出そうとしたヤツは、それ相応の処分が下ると思っててね」
　今度は誰に言ったのだろうか。わからないけれど、みんなの前で恥ずかしげもなくそう言った先輩。
　私はもう、鏡を見なくてもわかるほど、顔が真っ赤だった。
「せ、先輩っ、なに言って……!」
　み、みんな、ポカンとしてるよっ……!
　それなのに先輩は、平然とした態度で、私の髪をいじり始める始末。

「だって、杏が可愛いから心配なの、俺」
　か、可愛いって……っ。
「他のヤツに取られないように、牽制しとかなきゃ」
　そんな心配しなくても、私のこと狙うような人なんていないはず……。
「チャイム鳴りましたよ、早く自分の教室に戻ったほうがいいんじゃないですか？」
　いつから後ろにいたのだろうか、翔くんの声に、ビクリとあからさまに反応してしまった。
「はーあ、杏と離れたくない……」
　けれど、先輩は完全に翔くんを無視して、ぎゅっと私の首に腕を回す。
　み、みんな見てるのにっ……。
「せ、先輩っ……ここ、教室ですっ……！」
「知ってる」
　なら、放してくださいっ……！
「嫌がることばっかりしてたら、杏ちゃんに嫌われますよ？」
　後ろにいる翔くんも、呆れた顔をしている。
　それでも先輩は、頑なに無視を決め通しているらしい。
　翔くんの言葉に、反応すらしていない様子。
　な、なんだか申し訳なくなってきた……。
「先輩っ、ほんとにそろそろ放してください……！　は、恥ずかしい、ですっ……」
「ふっ、かーわい。もっと恥ずかしがってよ」

「も、もう……！　いい加減にしてください……！」
「はいはい。仕方ないな」
　ようやく先輩から解放され、ふぅ……息を吐く。
「あ、そうだ。今日から放課後、勉強会しよっか？」
「え？」
　勉強会？
　突然の先輩からの提案に、首を傾げた。
「期末テストでしょ？」
「あっ……」
　そうだ、もう再来週からテストだった……！
　最近先輩といろいろあって、忘れてた……！
「俺の家でやろう。杏が好きな和菓子用意させとくから」
　和菓子というワードに、あからさまに反応してしまった。
　先輩はそんな私を見て、優しい微笑みを浮かべる。
「じゃあね、他の男とあんまり話さないように」
　ちらりと翔くんを見て、そう言った先輩。
　一瞬2人が火花を散らし合ったように見えたのは、き、気のせい……？
　放課後になって、先輩が教室に迎えに来てくれた。
　帰りに先輩の家に寄って、現在先輩の部屋で2人きり。
　テーブルを挟んで向き合って座り、机の上には教科書が載せられていた。
　そういえば、先輩は首席だってタズちゃんが言ってたなぁ……。
　かっこいいだけじゃなくて頭もいいなんて……本当に先

輩は完璧だ。
「杏の苦手科目は？」
「えっと……」
　先輩の質問に、言葉を詰まらせた。
「ま、とりあえず一番苦手な英語からしようか」
　……。
「……どうして知ってるんですか……？」
　私、言ったことないですよね……？
「え？　知ってるに決まってるでしょ？　理数系は案外強いけど、文系がダメなんだよね。とくに英語はいつも赤点ギリギリ」
　当たり前のように、私の情報を話す先輩。
　もう、なんで知ってるかは怖いから聞かないけど……、知ってるなら、どうして苦手科目聞いたんですか……？
「んー、じゃあ、授業ノート貸して」
　ため息が出そうなのをぐっと堪え、私は英語のノートを先輩に渡した。
　私のノートを見ながら、何やらクスッと笑った先輩。
「字、可愛い」
「……字に可愛いとかって、ありますか？」
「うん。杏は全部可愛い。後でこのノートコピーさせて」
　こ、コピーって……。
　私のノートなんて見ても、先輩はなんの勉強にもならないんじゃ……。
「ど、どうしてですか？」

「ん? そりゃあコレクショ……もちろん、テストの山張るためだよ」
「今、コレクションって聞こえた気がするんですけど……」
「ん?」
　にっこり、と、効果音がつきそうなほどの笑みを浮かべる先輩に、私は言葉を呑み込んだ。
　先輩って、最近気づいたけど、結構変な人だ……。
「よし、じゃあまずはこのページの問題解いてみて」
　英語のワークを開いて、先輩がそう言った。
　よし……! と気合を入れ、進めていこうと思った矢先、
「ちなみに、ただの勉強じゃ杏のやる気も出ないだろうから、お仕置きとご褒美（ほうび）決めようか?」
　突然、そんなことを言い出した先輩。
「え……? な、なんですかそれ……」
「俺と杏の、モチベーションが上がるように、ね?」
　ね? って言われてもっ……。
「んー……じゃあ、間違えたら、キス一回ね。杏から」
　とんでもないことを言い出す先輩に、慌てて首を左右に振った。
「……っ、む、無理です……!」
　わ、私から、なんてっ……絶対に無理……!
「だーめ、決定」
　どうやら拒否権は与えられていないようで、先輩は面白そうに笑っている。
「それじゃあご褒美は……俺から杏に、キスしてあげる」

「な、なんですかそれっ……」
「ふふっ、うん。俺がしたいだけ」
　そんなふうに、言われたら……何も言えなくなるっ……。
「……そ、そんなの、いつでも……」
　先輩になら、構わないのにな……。
　言ってから恥ずかしくなって、思わず下を向く。
「……いつでもしてもいいって？」
　そんな私の頬に手を添えて、先輩が無理やり上を向かせてきた。
　先、輩？
「……ダメだ、勉強する前に、充電させて」
　私の返事を聞くまでもなく、唇を重ねられる。
「やっ、先輩っ……」
　押しつけるようなキスに、息ができない。
「……かっわいーな、ほんと」
　キスの合間に囁かれた言葉が、掠れていた。
　余裕がなさそうなその声色に、キュンッと胸が高鳴る。
　いつも余裕な先輩の、切羽詰まったような表情に、私は弱いみたいだ。
　名残惜しそうに、離れていく唇。
「全然足りないけど……残りはまた、勉強終わりに頑張ってもらお」
　勉強終わりって……まだするのっ……？
　先輩って、キ、キス魔なんじゃないかな……？

「お母さんから任されてる以上、杏に赤点取らせるわけにはいかないからね」
　ふぅ……と息を吐いた先輩の言葉に、驚いて目を見開く。
「え？　お母さんが？」
「うん。成績がやばいから、助けてあげてーって昨日LIMEもらった」
　そうだ、先輩とお母さん、繋がっていたんだった……。
　まさかLIMEも友達だなんて……。
　それにしても……。
「うっ……バカでごめんなさい……」
　そんなこと頼まれてたなんて……は、恥ずかしい……。
「別に、バカでいいよ」
　先輩はそう言って、にこりと微笑んだ。
「杏は俺と結婚するんだから、勉強できる必要ないしね」
「け、結婚……？」
　先輩、今結婚って言った……？
　私たち、まだ付き合い始めて間もないのにっ……。
「何、嫌なの？」
　私の反応が不満だったのか、先輩が不機嫌そうに眉をひそめる。
　慌てて首を左右に振って、否定した。
「嫌とかじゃないですけど……まだ、早いかなって……」
「なに言ってんの。もう決定事項だから」
　……っ、本気、なのかな？
　まさか、そこまで先輩が考えていたなんて、知らなかっ

た。
　私たちはまだ高校生だし、先のことなんてわからないけど……。
「まだよく、わからないです。でも……」
　先輩の気持ちは、すごく、嬉しいっ……。
「もしそうなったら、いいなって思いますっ……」
　嬉しくて、自然と頬が緩んでしまう。
　だらしない笑顔を浮かべた私を見て、先輩はなぜか「はぁ……」と大きなため息を吐いた。
　……？
「……あー、ダメだ。勉強とかどうでもよくなってきた」
「え？」
「杏……おいで」
　そう言って、腕を広げた先輩。
　意味がわからなくてキョトンとしていると、痺れを切らした先輩が、私の腕を引いた。
　そのまま強く抱き寄せられ、額にキスをされる。
　２人きりの室内に響くリップ音に、顔が熱くなった。
「ちょっ、先輩っ……！」
　べ、勉強するんじゃなかったの……？
「大丈夫。俺が完璧に山張りしてあげるから、安心して」
「で、でもっ……」
「でもじゃないでしょ？　俺のことメロメロにした責任、ちゃんと取って」
　メロメロって、なんですかっ……。

どうやら勉強モードが完全にオフになってしまったらしい先輩。
　期末テストまでの間、勉強という名目で先輩の家に通ったけれど、まともに勉強した時間なんて、なかったような気がする。
　先輩が、放してくれない、からっ……。
　結局、先輩の言われた範囲だけきっちり頭に入れ、挑んだ期末テスト。
　もう絶対に赤点だ……と、覚悟していたのに——。
「……う、嘘……」
　廊下に張り出された成績表。
　22位と書かれた下に、私の名前があった。
　209人中、22位……？
　前回の中間試験は160位ピッタリだったので、驚きの結果に開いた口が塞がらない。
「だから言ったでしょ？　大丈夫だって」
　隣にいた先輩が、私を見てにっこりと笑った。
　先輩、すごすぎる……。
「ありがとうございます、先輩っ……！」
「惚れ直した？」
「……は、はいっ……」
「……否ってさ、急に素直になるからほんとズルいよね」
「……？」
「はーあ、じゃあ今日は、ご褒美いっぱいもらわなきゃね」
「ご、ご褒美……？」

「そ、いーっぱい、ね？」
　耳元で囁かれ、私はゆでダコのように真っ赤になった。

「ねぇ、キスしていい？」

　先輩のおかげで追試を受けることもなく、無事夏休みに入り、学校がない日々を満喫していた。
　といっても、進学校なので、夏休みは他の高校よりは期間が短い。
　ダラダラと過ごしていたとき、タズちゃんからLIMEが来た。
【杏、海行くわよ】
　……へ？
　海って……いつ？
　と、とにかく、電話して聞いてみよう……！
　スマホの画面を操作し、タズちゃんの番号を探す。
　プルルルルルルッ。
『——はい、もしもし』
「も、もしもしタズちゃん？　海行くっていつ？」
『いつって、明日よ』
　あ、明日っ……!?
「きゅ、急すぎない？」
『翔っちが新幹線の切符持ってるんだって。3人で行きましょ？』
　3人……？
「ええっと……ちょっと、確認取っていい？」
『確認ってなんのよ』

「せ、先輩に……」
『……あんたもしかして、男と遊ぶときは報告しろとか言われてんの？』
　ドキリと、心臓が音を鳴らす。
　そこまではっきりとは言われてないけど……。
「い、一応、翔くんと遊ぶときは、ひと言言ってって……」
『束縛男ね。そんなヤツやめときなさい』
「あはは……えっと、確認取ってから、また連絡していい？」
『はいはい、わかったわよ』
『またね』といって電話を切ったタズちゃん。
　私は急いで先輩に連絡し、ことの詳細を伝えた。

「──で？　どうしてこうなったわけ？」
　不機嫌なタズちゃんに、私は苦笑いを浮かべる。
　そんな私の隣には、笑顔の先輩が立っていた。

　昨日、先輩に確認を取ると、問答無用で却下された。
『なんであの男と一緒に海なんかに行くの？　絶対ダメ。許すわけないでしょ？』
「で、でも、タズちゃんと３人ですよ……？」
『そんなの関係ないし。断って』
「でも、海行きたいですもん……」
『なら俺が連れていってあげるから、２人で行こ』
「そんな……タズちゃんたちの誘い断って行けないですよ」
『とにかく、あいつとなんてダメ。断って』

「……どうしても、ダメですか……?」
『……。わかった。じゃあ俺も行く』
「……へ?」

　……ということで、今日は急遽、4人で海に行くことになった。

「どうも。いつも杏がお世話になってます」
「……いえいえ、こちらこそ。うちの杏がお世話になってます」
　なぜかバチバチと火花を散らしている先輩とタズちゃんに、冷や汗が頬を伝う。
　翔くんに助けを求めて、視線を向けると、なぜか翔くんも怖い顔をして先輩を見ていた。
　ど、どうしよう……せっかくの海なのに、空気が不穏すぎる……!
「え、えっと、そろそろ行かない?」
「……そうね、もう行きましょうか」
　なんとか場を収め、私たちは海へと出発した。

「わっ……すごい人……!」
　海に到着したものの、見渡す限り、人、人、人……。
　それも若い人で溢れ返っていて、場所を取るのも一苦労。
　なんとか場所を見つけ、レジャーシートを敷く。
「それじゃあ、着替えに行きましょ」

「う、うんっ」
　水着……一応持ってきたけど、恥ずかしいな……。
「杏、変な男についていっちゃダメだよ」
　男女で分かれて着衣室に行く間際、先輩にそう言われた。
「わ、わかってます……！」
　子供じゃないんだから……っ。
「着替え終わったら、ここに集まろっか」
　翔くんの言葉に頷いて、それぞれ分かれた。

「う～、やっぱり、この水着やだな……」
　着替え終わって着衣室を出たけど、この格好で先輩のもとに行くのは気が引けた。
「……あんた、やばいわね」
「や、やっぱり……？　似合ってないよね……」
「どうしてそうなるのかしら？　鏡見てみなさいよ」
「え？」
　ど、どういうこと……？
「とにかく、早く戻るわよ。2人はもう着替え終わってるだろうし」
「う、うんっ……」
　待ち合わせ場所に戻ろうと、砂浜を歩く。
　それにしても……タズちゃんスタイルいいなぁっ……！
　すれ違う人たちの、視線がすごい……。
　男の人たち、みんなこっち見てるよ……。
　タズちゃんの隣に立つと、私のチビさが目立つ……うぅ。

LEVEL.04 —蜜愛— ≫ 193

「ねぇねぇ、君たち2人?」
　……え?
　突然、目の前に立ち塞がった男の人3人。
　ニヤニヤと頬をだらしなく緩めながらこっちを見てくるその人たちに、恐怖心が湧き上がる。
　なんだろう、この人たち……やだなっ……。
　タズちゃん美人さんだから、声かけたくなるのはわかるけどっ……。
「2人じゃないわよ。どいて、邪魔」
「えー、超強気じゃん〜」
「うるさいわよ。ブ男のくせに声かけてこないで」
　タ、タズちゃんっ……そ、それは言い過ぎじゃ……。
「は?　ちょっと生意気すぎるだろこの女」
「ていうか君はいいや、後ろの子だけでいいからさ、遊ぼうよ」
　……っ、へ?
　や、やだっ……!
　1人の人が、私の腕をつかんだ。
　振り払おうとしても、力が強くて放せない。
「や、やめてっ……」
「ちょっとあんた、やめなさいよ!!」
「うるさいな、お前は黙ってろ」
　触られた箇所がぞわぞわして、思わず涙が溢れる。
　嫌だ……先輩、助けてっ……!
　——バシッ!

「なぁ、死にたいの？」
「っ、いって……！」
　男の人の手が払われ、代わりに先輩の手が伸びてくる。
　先輩は私を隠すように抱きしめてから、前に立った。
「杏ちゃん、三宅……！　大丈夫!?」
「チッ、こいつらウザいんだけど、どうにかしてくれない？」
　後ろから走ってきた翔くんに、タズちゃんは眉をこれでもかと歪めて嫌悪感丸出しの表情。
「どうにかするに決まってるでしょ。俺の杏に触ったんだから」
　先輩は低い声でそう言って、パーカーから出したスマホを取り出した。
　男の人たち３人にスマホを向け、パシャッとシャッター音を鳴らす。
「なっ……何してんだよ、お前……」
「んー、お前たちの恥をさらしてやろうと思って」
「はぁ!?　なに言ってんだよ、消せよ……！」
　危ないっ……！
　男の人が、先輩に殴りかかろうとした。
　先輩はそれを軽くかわし、男の人の腕をつかむ。
「お前らこそ、消えろ」
　そのままその腕をひねり、男の人が痛そうに声をあげた。
「い、痛い痛い痛いっ……!!」
　本当に加減がなかったみたいで、ミシミシという音が聞こえてきそうな勢いでひねり上げる先輩。

お、折れて、ないっ……？
　先輩の行動に、男の人たちはみんなそろって青ざめ、逃げるように去っていった。
　一難……去った……。
「……大丈夫だった？　杏」
「は、はいっ……ありがとうございます、先輩……」
　先輩を見てお礼を言うと、なぜか先輩は、私を見ながら固まった。
「……」
「せん、ぱい？」
　どう、したの？
「これ着て」
「え？」
　着ていたパーカーを脱いで、私に腕を通させた先輩。
　な、なんでこんなこと……？
　不思議に思いながらも、言われるまま着た。
「……ぶ、ぶかぶかです……」
　ワンピースみたい……。
　倍以上ある服の大きさに、先輩との体格差を改めて感じた。
「……。これは別の意味でダメだ」
　別の意味でダメ？
　先輩の発言に、首を傾げる。
　ていうか……先輩、水着……。
　スタイルがいいから痩せていると思ってたけど……腹筋

割れてる……。
　目のやり場に、困っちゃうよっ……。
「杏、パーカー買いにいくよ。そっちにショップあるから」
　え？
　突然、手を引かれた。
「俺たちちょっと行ってくるから。2人で適当に遊んでて」
　え、えっ……？
「はーあ、やーね、独占欲丸出し彼氏なんて」
「奇遇だね。俺も君みたいな彼女は嫌だな」
　タズちゃんにそう言って、先輩はショップの方へと歩き出した。

　パーカー買いに行くって言ってるけど……。
「え？　ど、どうしてですか……？」
　そんなの、必要……？
「どうしてじゃないでしょ？　こんな人が多いところで、そんな格好しないで」
　私の手を引きながら、そう言った先輩。
「こんな格好して歩いてたら、ナンパされるに決まってるでしょ？　杏はバカなの？」
「バ、バカって……」
「はぁ……杏のこと見てた男、全員殺してやりたい」
「ぶ、物騒ですよ……！」
「杏の格好が悪いんでしょ。今後、水着は禁止」
　……そんなに、変かな？

私の、水着……。
「……変、ですか？」
　似合ってないのはわかるけど……ちょっと、悲しい。
「はぁ……なんでそうなるの？」
　先輩はため息を吐くと、突然足を止めた。
　くるりと振り返って、私の顔をじっと見つめてくる。
「可愛すぎるからダメって言ってんの」
　……え？
　可愛い……？
　先輩の台詞に、顔がぽっと赤くなった。
　は、恥ずかしい……けど、嬉しい。
「ほ、ほんとに？　……えへへっ、嬉しいです」
　先輩に可愛いって思ってもらえたなら……水着着て、よかった……。
　私を見つめたまま、なぜかため息を吐いた先輩。
「……はぁ、天使に見えてきた、やばい」
　天使？　……？
「先輩？　大丈夫ですか？」
　変なこと言ってるけど、どこか具合が悪いんじゃ……。
「大丈夫だから、早く行くよ」
　そう言って、再び歩き始めた先輩。
「はいっ……！」
　２人で並んで歩きながら、ショップまでの道を歩いた。

「うん、これでいいかな」

「な、なんだか、普段着みたいですよ……？」
　海に戻ってきた私の格好は、パーカーに短パン姿。
「いいのこれで。なんなら、サングラスつけさせたいくらい」
　さ、サングラス？
　私、似合わないだろうけど……。
　とりあえず、先輩の機嫌は直ったみたいだからよかった。
「海、入る？」
「はいっ……！」
　ちょっと時間はかかっちゃったけど、今日はたくさん楽しもう……！
　なんだかんだ、楽しみだったから。
「私、浮き輪持ってきました！」
　レジャーシートに置いたカバンから、持ってきた浮き輪を取り出す。
　よーし、膨らまそう……！
「……杏、泳げないの？」
　じゃっかん口角の端を上げた先輩が、私の顔を覗いてきた。
　……ギ、ギク。
　図星を突かれ、慌てて首を横に振る。
「……そ、そんなことないですけど……あんまり……」
　……ほ、ほんとは、泳げないけど……。
「ふっ、可愛い」
「バ、バカにしないでください……！」
「してないよ。早く膨らまそ」

くすくすと笑っている先輩に、恥ずかしくて顔が熱くなった。
　もう……ひどいなぁ……。
　拗ねたフリで先輩に背を向け、少しずつ浮き輪を膨らませた。
「ふぅ……」
　疲れた……って、まだ全然膨らんでない……！
「貸して、俺がする」
「えっ……」
　今まで黙って待ってくれていた先輩も、さすがに痺れを切らしたのか、ひょいっと横から浮き輪を奪われた。
「杏、肺活量なさすぎ」
　……う、悲しい……。
　……待って。
　これって、もしかして……。
　空気を入れる栓に口をつけようとした先輩。
　それを見て、恥ずかしくなっていると、私が何を考えているのかわかったのか、先輩は意味深な微笑みを浮かべた。
「間接キスだね」
「——っ」
「いつもキスしてるのに、恥ずかしいの？」
「……へ、変なこと、言わないでくださいっ……！」
　ちょっと、気になっただけ、だもんっ……。
　先輩から視線を逸らし、プイッとそっぽを向いた。
　そんな私の耳に、先輩がそっと唇を寄せてくる。

「ねぇ、キスしていい？」
　……っ、な、なに言って……！
「ここ、海ですよ!?」
「いいじゃん。杏が可愛いのが悪い」
　可愛いって……な、何が……。
「ダ、ダメです先輩っ……」
　先輩をなだめようとしたけれど、完全にスイッチが入ったらしく……。
　じりじりと詰め寄ってきた先輩と唇が触れる直前だった。
　――ドカンッ！
　え？
　ビーチボールが飛んできて、それが先輩の頭に激突。
「…………」
　先輩……お、怒ってらっしゃる……！
　私は恐る恐る、ボールが飛んできた方向を見た。
　そこにいたのは……一緒に海に来た、2人。
「海で盛ってんじゃないわよ、バ会長」
「ほんとだよ……杏ちゃんがかわいそう」
　タズちゃん、翔くん……っ。
　怖いもの知らずの2人に、苦笑いを向けた。
　そんな私をよそに、先輩はゆっくりと立ち上がる。
「杏。ちょっと待ってて。処分してくる」
　……完全に、キレモードだ……！
「せ、先輩、だから物騒ですって……！」

「やっぱりついてきて正解だった。とくに安堂。こいつ一度わからせたほうがいい」
「せ、先輩～っ」
　その後、なんとか先輩を鎮め、なんだかんだ楽しい1日を過ごしたのだった。
　でもその日の帰り。私は1人心の中で、もう4人で遊ぶのは控えようと強く思った……。

「その顔反則。甘やかしたくなるでしょ」

　夏休みも残りわずかとなり、私はとあるものに追われていた。
　それは、学生の敵——"宿題"だ。

「どうしてもっと早くに終わらせなかったんだろう……あと1週間でなんて無理だよ……」
　机に教科書やドリルを何冊も開き、途方に暮れていた。
　全然わからないし、空白が埋まる気がしないっ……。
　のん気にだらだらと過ごしていた過去の自分が憎らしい。
　……うっ。
　そんなことを考えていると、スマホがピコンッと音をたてた。
　……あっ、先輩……。
【杏、起きてる？】
　本文にはそう書かれていて、急いで返事を打った。
【さすがに起きてますよ！　失礼ですね……！】
　今もうお昼の1時だよ……！
　先輩、どれだけ私がダラダラしてると思ってるんだろう、まったく！
　でも、この夏休みはお昼の12時に起きることもあったから、自業自得かも……。

プルルルルッ。
今度は着信音が室内に鳴り響いて、慌てて電話に出た。
画面を見なくてもわかる。きっと、先輩からだ。
『もしもし』
「……はい」
『ふっ、ご機嫌ななめなの？』
「先輩が失礼なこと言うからですっ……！」
『ごめんごめん』
「でも、どうしたんですか？　突然電話してきて……」
『用がなかったら、彼女に電話しちゃダメ？』
「べ、別に、そんなことは……」

うぅっ……どうしよう。

声聞いたら……会いたくなっちゃう……。

夏休み中も、2日に一度は会ってるのに……学校があるときは日曜日以外毎日会えるから、なんだか物足りなく感じてしまう。

できることなら毎日会いたいのに……なんて思ってしまう自分もいて、すっかり恋愛脳になってしまったみたいで恥ずかしい。

『今何してるの？』
「えっと……宿題を……」
『宿題？　まだ終わってなかったの？』

驚いている様子の声に、肩を落とす。

「は、はい……」
『何が残ってるの？』

「……ほとんど、残ってます……」
『……なるほどね』
　電話越しに、ふぅ……と息を吐く音が聞こえた。
『今から迎えに行くから、俺の家においで』
「……え？」
『わからないところ教えてあげるから、一緒に宿題しよっか？』
「せ、先輩っ……」
　か、神様だっ……。
「ありがとうございます！　大好きです‼」
『うん。俺も』
　思わず出た言葉に、本気のトーンで返されて、顔が熱くなった。
『それじゃあ、今から支度して迎えに行くよ。杏も用意しておいて』
「はい！」
『バイバイ』
　そう言って、プツリと切れた電話。
　よかった……これで宿題もなんとかなりそうっ……。
　先輩が教えてくれるなんて、これ以上に心強いものはない。
　私も早く支度しなきゃ……！
　鼻歌まじりに、先輩の家へお邪魔する用意をする。
　──ピンポーン。
「杏、用意できた？」

「はいっ！　迎えに来てくれて、ありがとうございます！」
「どういたしまして。ん、じゃあ行こっか」
　先輩は30分くらいで迎えに来てくれて、２人で先輩の家へと向かった。

「……ほんとに真っ白だね」
　私の宿題を見つめて出た先輩の第一声に弁解の余地もなく、口をつぐむ。
　その通りの状態に、私は苦笑いを浮かべた。
「杏って、計画的にできないタイプでしょ？」
「……」
　はい、ごもっともです……。
　いたたまれなくなって、視線を下げた。
　すると、先輩のくすくすと笑う声が私の耳に届く。
「怒ってないから、顔上げて」
　優しい声でそう言われ、頭をポンッと撫でられた。
　恐る恐る先輩の顔を見ると、優しい瞳と視線がぶつかる。
「いいよ、杏はそのままで。ずっと俺がそばにいるんだから、いつでも俺が助けてあげる」
　その笑顔と言葉に、胸がキュンッと少女漫画さながらの音を鳴らした。う……こういうの、ズルい。
　全部受け止めるって、言われてるみたい……。
「むしろ、もっとダメな子になってもいいけどね」
「……え？」
「なんにもできない子にして、俺がいなきゃ生きていけな

くしてしまいたい」
　笑顔でそんなことを言う先輩に、さすがに狂気を感じた。
　そ、そうだ……この人、ちょっと危ない人だった……っ。
「そ、そんなふうにはなりませんっ……！」
「えー、残念。俺が一生尽くしてあげるのに」
　せ、先輩が言うと冗談に聞こえないっ……！
「まあ今はいっか。さ、宿題終わらせなきゃね」
「お願いします……！」
　先輩の部屋の大きな机を前に、２人で並んで座る。
「これは頑張っても１日で終わらないだろうから、３日くらいに分けなきゃね」
「う……は、はい」
「大丈夫だよ、ちゃんと終わるから。勉強頑張ったら、後でお菓子食べよっか？」
「お菓子……？」
「杏が好きって言ってた苺大福、用意しといたから」
「……！」
　苺大福……!!
　先輩の発言に、私がまれに見るほどのやる気を出したのは言うまでもない。

「……うん、正解。よくわかったね。それじゃあここもわかる？」
「えっと……こ、こうですか……？」

「そうそう、よくできました。いい子」
　ぽんぽんと頭を撫でられ、なんだか子供扱いされているような気分になったけれど、先輩の手が気持ちよくておとなしくされるがままになっている。前から思っていたけど……頭を撫でるのが癖なのかな……。
　でも……先輩に撫でられるの……好き、かもしれない……。
「よし、これで数学は終わりか。それじゃ、そろそろ休憩にしよっか？」
「はいっ……！」
「ふっ、待ってて。お菓子持ってこさせるから」
　苺大福……！
　先輩は目を輝かせた私を見て笑いながら、部屋の外に出た。
　部屋の扉の前にお手伝いさんがいて、その人に頼んだのだろう。
　すぐに部屋に入ってきた先輩に、申し訳ない気持ちになる。
　お邪魔させてもらってる身なのに、お家の人に気を遣わせてしまっているのは気が引ける……。
　そういえば、先輩のご両親には会ったことがないなぁ……。
　前から気になっていたけど、ずっと聞けずにいた。
　だって……お家の事情だし……。
　もし、その質問をして先輩を傷つけてしまったら……。

そう考えると、聞かずにいるという選択をしてしまう。
「……ん？　どうしたの？」
　私の前の隣に座って、顔を覗き込んでくる先輩。
「……え？」
「なんか浮かない顔してるけど」
「そ、そうですか……？　そんなことないですよ……！」
「杏って、ほんとに嘘が下手だよね」
「……っ」
　ど、どうしよう……。
　先輩の瞳が、"言え"って訴えかけてくる。
「何かあるなら言って。どうしたの？」
　再びそう聞き直され、ごくりと息を呑んだ。
　恐る恐る、口を開く。
「あの……先輩のご両親は……」
　そこまで言って、やっぱり後悔した。
　もし、複雑な家庭事情だったら……
　私、彼女なのに、全然気が遣えない女だっ……。
　どうしよう、取り消したほうがいいかな。
　言いにくいことは、無理に聞かないほうが……。
「ご、ごめんなさい、やっぱり――」
「俺の親？　ああ、仕事で滅多に帰ってこないんだ。父親の海外赴任で母さんもついて行ったんだ。俺は高校の合格決まった後だったし、日本に残ったんだけど……まあ年に数回は帰ってくるし、定期的に会ってるよ」
　……え？

「あ……そ、そうだったんですか……！」
　よ、よかった……！
　心の底からほっとして、安堵の息を吐く。
「すごい複雑な家庭事情でも想像してたの？」
「えっ……いや、あの……」
「ふっ、全然仲いいよ。どっちも過保護だし、鬱陶しいくらい」
　そう、だったんだ……。
　じゃあ一度もご自宅で見かけなかったのは、お仕事が忙しいから……。先輩の口調からして、ご両親との仲のよさがうかがえる。
「……ふふっ」
　無意識に、笑みが溢れてしまった。
「杏？　なに笑ってんの？」
　そんな私を、先輩は不思議そうに見つめてくる。
「よかったです……」
「え？」
「変な心配、してました……」
　そっと体を傾けて、先輩の肩に頭を預ける。
　服の裾を少しだけ摘んで、くっつくように寄り添った。
「もしかしたら、先輩はすごく寂しい生活を送ってきたんじゃないかって……」
　内心、とても心配だったんだ。
　先輩がゆうくんだと知って、昔の記憶を少しだけ思い出したとき、１つ引っかかることがあった。

それは、私の知っているゆうくんと、今の先輩の雰囲気が格段に違うこと。
　昔のゆうくんは、はっきりとは覚えていないけれど……なんだかとても、寂しそうだった気がする。
　今の先輩は、自信に満ち溢れていて、弱さなんて少しも見せないような人だけど……心のどこかで、まだ寂しさを抱えてるんじゃないかって、気になってた。
「でも、勘違いでよかったです。先輩が幸せそうで……嬉しい」
　勝手に、笑顔が溢れてくる。
　今私は、とても温かい気持ちでいっぱいだ。
　なぜか黙り込んでしまった先輩を不思議に思い、視線を上げる。
　すると、先輩は予想外にも、困ったような顔をしていた。
「……なに言ってんの……幸せに決まってるでしょ」
　先輩……？
「こんな可愛い彼女がいて、不幸せなわけない」
「……っ」
　腕をつかまれ、そっと身体を抱きしめられた。
　私がそばにいることは、少しでも、先輩の幸せに繋がってるのかな？
　……そうだとしたら、とっても……幸福だなぁ。
　だって、私もそうだもん。
　先輩が隣にいてくれるから……幸せをたくさん感じてる。

好きな人がいて、その人も同じように自分のことを好きでいてくれるのって……こんなにも、幸せなことなんだ。
「でも、ずっと親のことを聞けずにいたなんて……俺のこと、そんなに心配してくれてたの？」
　せっかく幸せを嚙みしめていたのに、先輩はいつもの意地悪な表情に戻り、からかうようにそう聞いてくる。
「……え、っと……だって……」
「だって、何？」
「……先輩のこと……好き、だから……」
　好きな人を心配するのは……当然な、はず……。
　正直に言った私に対して、先輩はなぜか無言になる。
　私も自分の発言がなんだか恥ずかしくなってきて何も言えずにいると、耳元に先輩の唇が寄せられた。
「…………俺も。世界で一番好き」
　……っ。
　急に、そんなことを……。
　ダメだ、無理っ……！
　私今、タコみたいに顔が真っ赤になってる……！
　先輩の顔、見られないっ……。
　顔を隠すように、下を向いた。
　すると、「ふっ」と笑う先輩の声が頭上から降ってくる。
「あー……かわい。顔上げて」
　む、無理です……。
「は、ずかしい……」
　私の頰に手を添えて顔を上げさせようとする先輩に、必

死で抵抗する。
「そんなことしても逆効果だから。煽ってんの？」
　先輩は、余裕のないような声色でそう言ってきて、強引に顔を上げさせられた。
「煽ってなっ……んっ……」
　否定しようとした言葉は、先輩の唇によって塞がれる。
　最初は拒んでいたけれど、次第に先輩のキスに絆され、体を預けた。
　強引で、でも優しい口づけが気持ちよくて、頭がぼうっとする。
　――コン、コン、コン
　え？
「失礼いたします」
　ぼんやりとした意識の中で、聞こえたノックの音と、女の人の声。
　瞬時に、お手伝いさんが入ってくると理解した。
　そ、そうだ……苺大福っ……！
「せ、先、ぱいっ……！」
　こんなところ見られたら、大変っ……！
　先輩の胸を叩き、離れようともがいたけれど、すでに手遅れだった。
　ドアが開く音が、室内に響く。
「お菓子とお飲み物をお持ちいたしました」
　……お、終わったっ……。
　完全に見られてしまった、キ、キスしてる、ところ

……。
　放心状態の私をよそに、先輩は私を抱きしめたまま口を開く。
「適当に置いといて」
「かしこまりました」
　いたたまれなくて顔を下げているから見えないけれど、お手伝いさんは部屋に入ってすぐのところにあるテーブルに持ってきてくれたものを置いて、出て行った。
　ガチャッ。
　……さ、最悪、だ……。
「み、見ら、れたっ……」
　お家の人に……あああっ……。
　人にキスシーンを見られるなんて……〝穴があったら入りたい〟とはまさにこのことだ……。
「大丈夫。見たってなんとも思われないよ」
　先輩のほうは、全く気にしていないのかケロッとしている。
　というより、むしろ満足げな笑みすら浮かべていて、私は下唇を噛みしめながら先輩を睨んだ。
「そ、そういうことじゃないんですっ……」
　もしこれが、先輩のご両親の耳に入ったら……うぅ。
「ちょっと杏、どこ行くの」
　先輩から離れようと立ち上がると、腕を引かれて再び抱きしめられた。
「放してください～っ」

「ダーメ。今補充してんの」
「な、なんですかそれっ……」
「杏不足だから、補ってる」
　先輩、前もそんなこと言ってたような……
「……意味わかんないです……」
「はぁ……幸せ」
　なんの補充かはわからないけど、先輩が楽しそうなので、今はおとなしくすることにした。
　それをいいことに、私の髪を撫で回したり、頬にキスしてきたり……先輩はやりたい放題。
　しまいには、耳にちゅっと口づけされ、驚いて変な声が出た。
「ひゃっ……なっ……」
「可愛い声。……大好き」
「……っ」
　み、耳元で、そんなことっ……。
　心臓に悪いから、やめてほしいっ……。
「その顔最高に可愛い。ね、写真撮っていい？」
　甘えるように聞かれ、頷きそうになったけれど、すぐに首を左右に振る。
「ダ、ダメに決まってます……!!」
　こんな……真っ赤で情けない顔、撮られるなんてありえないっ……。
「……ふふっ、残念」
　言葉と表情が合っていない先輩は、至近距離で私をじっ

と見つめながら、ゆっくりと口を開く。
「ねぇ、今日電話したでしょ？」
「え？　……は、はい」
　とりあえず頷いたけれど、急にどうしたんだろう……？
「ほんとはさ、用事があったんだよね」
「用事……？　なんですか？　それ……」
　首を傾げた私に、先輩はにっこりと微笑む。
「5日後、記念日でしょ？」
　あっ……。
　もちろん、記念日なのは覚えていたけど……まさかそんな話を今されるとは思ってなかった。
　ちょうど付き合って2ヶ月。
　私はやっぱり、記念日とかは過剰に反応してしまうし、一緒に過ごしたいなぁと思うけど、先輩はそういうタイプじゃないと思ってたから。
「1ヶ月目は夏休み直前でばたついてて、ちゃんと祝えなかったからさ」
　次の言葉を、じっと見つめて待つ。
「旅行、行かない？」
　……え？
「旅行？」
「うん。京都に。杏が好きな甘味処を巡って、夜は旅館に泊(と)まって……2人で夏休み最後の2日間過ごそうよ」
　驚いて、すぐには言葉が出なかった。
　まさか、そんなことを考えてくれてたなんて……。

先輩の気持ちは、すっごく嬉しい。
　　嬉しい、けど……。
「……えっと……お母さんに聞いてみないとわからなくて……」
　　即答できないことが申し訳なくて、視線を下げる。
　　でも、そんな私に、先輩はなぜか意味深に口角を上げた。
「大丈夫」
　　……？
「杏のお母さんにはもうオッケーもらってるから」
「え？　ほ、ほんとですかっ……？」
　　い、いつの間にっ……!?
　　っていうか、先輩私のお母さんと仲よすぎませんかっ……？
「うん。だから杏が決めて。俺と行ってくれる？」
　　なんていうか、用意周到すぎて何から突っ込んでいいのかわからないけど……。
　　……でも、断る理由がない今、私の返事は決まっている。
「はいっ……！　行きたいです……！」
　　京都も甘味処も旅館も、全部全部楽しみっ……。
　　それに、一番嬉しいのは……先輩と一緒に思い出を作れること。
　　私の返事に、先輩は嬉しそうに笑った。
「よかった。それじゃあ、旅行までに宿題きっちり終わらせないとね」
　　あ……そ、そうだった……。

「……は、はい……」
　一気に現実に引き戻され、どっしりと重たいものが肩に掛かるみたいだった。
　そんな私を見て、先輩はおかしそうに笑う。
「ふっ、その顔反則。甘やかしたくなるでしょ」
　そう言って、頬にキスをしてきた先輩。
　優しい先輩に付き合ってもらい、私は宿題地獄と向き合った……。

「俺の言うこと聞けないの？」

　夏休みも、残り２日。
　そして今日は、待ちに待った先輩との京都旅行。
「うわっ……見てください！　お店がたくさんあります！」
「そうだね」
「早く行きましょう先輩っ……！」
「ふふっ、うん」
　朝から新幹線で京都まで来て、まずは駅周辺を観光することにした。
　美味しそうなお店がいっぱい……！
「杏、あんまりはしゃぐと転ぶよ」
「はいっ！　わかって……わっ！」
　わかっていますと言おうとしたはしから、私は段差につまずいた。
　わっ、転ける……！
　——ギュッ。
　私を支えるように添えられた、たくましい腕。
「……こーら、はしゃぎすぎ」
　覚悟していた衝撃が来ることはなく、代わりに降ってきた先輩の優しい声。
　転ばなかったことにホッと安堵し、慌てて体勢を整えた。
「ご、ごめんなさい……」
「ふふっ、いいよ。楽しそうな杏の姿見れて、俺も嬉しいし」

言葉通り、本当に嬉しそうな先輩の笑顔に胸がドキッと高鳴る。
「危ないから、ちゃんと俺の手握ってて」
「は、はいっ……」
　ぎゅっと握られた手から伝わる温もりに、顔が熱くなるのを感じていた。
　先輩って、紳士というか……リードするのが上手だなぁ……。
　……かっこいい……。
「お腹空いたでしょ？　お昼にしよっか？」
　横顔をぼうっと眺め見惚れていると、バチリと目が合った。
「はいっ……！」
　慌てて視線を逸らし、こくこくと首を縦に振る。
「なに食べたい？」
「えーっと……」
　優柔不断な私は、食べたいものを選ぶのに時間がかかってしまったのに、先輩は文句一つ言わず付き合ってくれた。

　その後、美味しそうな湯葉料理のお店を見つけ、そこで食事を済ませた。
　昼食のコース、すごいボリュームだったなぁ……！
「お腹いっぱいです……」
「満足？」
「はいっ……！」

大きく頷いた私に、先輩はにっこりと笑みを浮かべた。
「それならよかった。次はどこ行きたい？」
　先輩、私の希望ばっかり聞いてくれるけど……いいのかな？　先輩も行きたいところとかないのかな……？
　そう思ったとき、道の奥に『占い』という文字を見つけた。
「……あっ」
「ん？」
「あの……あそこの占い、行きませんか？」
　お店を指差すと、先輩は「占い？」と聞き返してくる。
　その表情は不思議そうで、私はじっと返事を待った。
「まあ、いいけど……占いとか好きなの？」
「えへへ、はいっ……！」
　朝のニュースとかで、いつも占いはチェックしてるけど……ああいうお店には入ったことがない。
　だから、一度見てもらいたかった。
「先輩は……興味ないですか？」
「んー、俺は何も思わないかな。信じてないし」
　本当に興味がなさそうな言い方で、私は首を傾げる。
「男の人って、そういうものなんですかね……」
　それとも、先輩がドライなだけ……？
　何はともあれ、人生初の占い……ドキドキしてきた……っ。
　せっかくだから、先輩とのことも……占ってもらいたいな……。

「あの……2人で占いお願いしてもいいですか?」
　お店の看板が立てかけられた、小さな建物の扉を開ける。
　中は暗く、分厚い本がいくつも並べられていた。
　奥に座っている……占い師さんと思われる人が、私たちを見つめて「いらっしゃいませ」と頭を下げる。
　無地の服を身に纏った、30代くらいの男の人。
「どうぞどうぞ、お座りください」
「ありがとうございますっ……!」
　占い師さんの前にある椅子に座るように言われて、早速占いが始まった。
　わっ……こういう感じなんだ……。
　占いって、カードとか水晶とかかと思っていたけれど、ここは違うらしい。
「それでは、生年月日を教えてください」
　命の占いといって誕生日から占っていくものみたいで、私たちは生年月日を伝えた。
「ほうほう、なるほど……」
　書物を見ながら、占い師さんは何度も頷いている。
　何かわかったのか、パタリと本を閉じ、占い師さんは私のほうをじっと見た。
「それでは彼女さん、ズバリあなたは……本当は寂しがりやで、繊細(せんさい)な人ですね……!」
　寂しがりや……繊細?
「……そ、そうなん、ですかね……?」
　どうなんだろう。確かに、1人でいるのは寂しいけど……。

曖昧な返事をした私に、占い師さんは次の言葉をかけてくる。
「そして今、たくさんの悩みを抱えている……違いますか?」
　……!
「あ、当たってます……!」
　それは当たっていた。
　大きな悩みではないけど、細々とした悩み……進路のこととかバイトをしようかとか、そういうものがあった。
　すごい……!　やっぱり占いは当たるんだ……!
　感心している私の隣で、先輩がなぜか「ふぅ……」と息を吐いた。
「……ま、悩みのない人間なんていないですよね。寂しがりやとか繊細とか、誰にでも当てはまりそうだけどなぁー」
　まるで当てずっぽうみたいな言い方をした先輩に、占い師さんの顔が曇る。
　し、失礼ですよ先輩……!
　きっとこの人は、本物の占い師さんで……。
「……ぐっ……わ、私にはわかります……あなたは最近、脳内のほとんどが恋愛で占められている……」
　ほ、ほら……当たってる……!
「……っ、す、すごい……!」
　驚きのあまり、先輩の服を引っ張った。
　確かに最近、私の頭の中はピンク色かもしれない。
　いつも先輩のことを考えてしまって、そんな自分が恥ず

かしいくらい。
　この占い師さんは、なんでもお見通しなんだ……！
　驚いている私をよそに、先輩は再び口を開く。
「そりゃ彼氏と一緒に占いに来てるんだから、占ってほしいことって言ったら恋愛に絞られてくるでしょ」
「……せ、先輩っ……！　さっきから失礼ですよ……！」
　占い師さんの顔が、ひ、引きつってる……！
　呆れたような表情の先輩とあからさまに気分を害している様子の占い師さんの姿に、冷や汗がたらり。
　なんだか険悪な雰囲気……ど、どうしよう……っ。
「………………見えました」
　……え？
「な、何ですか……!?」
　突然声を出した占い師さんに、首を傾げる。
「……近々、あなた方の前に、恋の試練が訪れるでしょう……」
「……え？」
　恋の、試練……？
「もともと、お２人の相性はよろしくないように見えます……あなた方の恋が終わる日も、近いかもしれませんね……」
「……っ」
　う、嘘……。
　私をじっと見つめて淡々(たんたん)と話す占い師さんを前に、言葉が出ない。

衝撃の発言に、私の心臓がドクドクと変な音をたてているようだった。
「でも、大丈夫です。彼女さんには、もっといい男性が現れるでしょう」
　……こ、これ……占い、だよね？
　でも……この占い師さんの言葉は当たっていたし……本当に、私たちの相性はよくないの……？
　恋が終わるって……別の男性が現れるって……なに、それ……。
「……アホくさ」
　室内に、先輩の鼻で笑うような声が響いた。
　椅子から立ち上がり、私の手を握った先輩。
「杏、もう行くよ」
　呆れた様子の先輩に、おとなしく言うことを聞こうと思ったけれど、どうしても引っかかった。
　さっきの言葉が……頭から離れない。
「……あ、あのっ……ど、どうすればいいですか？　わ、別れない方法はっ……」
　私は席から立つことはせず、占い師さんにそう尋ねる。
　きっと、何かいい方法はあるはず……！
　ほ、ほら、占いにはいつも、ラッキーアイテムとか、運気を上げる方法があるから……これも、きっと大丈夫……！
「そうですね……しいて挙げるならば……これですかね」
「ネックレス……？」

「はい、こちらのネックレスをおそろいでつければ、あなた方の相性も次第によくなってくるかもしれません」
　占い師さんは、箱に入ったネックレスを２つ私の前に置いた。
　……どうしよう。
　結構な値段……でも、買えない金額じゃない、かも……。
　これで少しでも、先輩との相性がよくなるなら──。
「杏、こんなのただの占いだから、信じる必要ないよ」
　じっとネックレスを見つめる私に、先輩はいつもより強い口調でそう言った。
「で、でも……」
「行こう？　俺の言うこと聞けないの？」
　どうやら、先輩は相当苛立っているらしい。
　これ以上ダダをこねれば、せっかくの旅行が台なしになってしまうかもしれない……。
「は、はい……」
　おとなしく言うことを聞いて、私は占い師さんにお辞儀し、お店を出た。

「どっからどう見ても怪しすぎるでしょあの占い師。っていうか最後のなんか、俺にムカついてあんなデマカセ言ってただけだって」
　お店を出て、通りを歩く。
　先輩はため息をつきながら、「占い師があんな感情的に

なるなんて、アホらし」と呆れたように呟いた。
　デマカセ……か……。
「……そ、そうだったら、いいんですけど……」
　どうしても、引っかかってしまう。
　そういえば、考えたことなかったかも……。
　先輩と、別れる日が来るかもしれない……なんて。
　心臓の辺りがゾワゾワして、落ちつかない。
「俺と杏が、別れるわけないでしょ？」
　私の顔を覗き込んで、先輩は優しい笑顔を浮かべた。
　うん……そうだよね。
　別れるなんて……ない、はず。
「……そ、そうですよね……！」
　私が気にしすぎなだけだよ……きっと。
　だから、もう、忘れてしまいたいのに……。
　占い師さんの声が、頭から離れなかった。

「……あ、お寺が見えてきた」
　少し歩いて、目的地についた。
　うわぁ……近くで見ると迫力があるなぁ……！
　有名な檜舞台(ひのきぶたい)に立つと、思わず「すごい……」という声が溢れた。
　想像していたよりも高い……！　お、落ちないように気をつけよう！
　先輩が入場券を購入してくれて、2人で中に入る。
　参拝……先輩とのこと、お願いしようかな……。

手を合わせ、ぎゅっときつく目を閉じた。
　先輩と……ずっと一緒にいられますように……。
　……うん、これでよし。
　大丈夫……大丈夫。
「まだ気にしてるの？」
　先輩の言葉に、心臓がドキリと音をたてた。
「えっ……？　あ、いえ……！」
　い、いけないいけない……ずっと不安がっていたら、先輩に心配かけちゃう……。
　精いっぱいの笑顔を向け、平気だと伝える。
　けれど、先輩の目はごまかせないらしい。
「杏はほんと……心配性だね」
　ポンッと頭を撫でられ、なんだか申し訳ない気持ちになった。
　先輩が、ずっと大丈夫だって言ってくれてるのに……私、気にしすぎだ。
　これじゃあ、先輩より占い師さんの言葉を信じてるみたい……。
　そんなつもりは少しもないのに、この胸にかかった靄をどうすることもできなくて、ぎゅっと下唇を噛む。
　ごめんなさい……という気持ちを込めて、繋いだ手に力を入れた。
「杏、ちょっとここ並ぼう」
「……？　は、はい」
　先輩がそう言ったのは、おみくじなどを売っている場所。

「すみません、これの青と赤のください」
　……先輩？
　巫女さんから袋を受け取った先輩は、私の手を引いて人込みから離れる。
　そして、私の手に小袋を乗せた。
「はい、あげる」
「え？」
　なんだろう……？
　袋を開けると、そこには……
「……恋のお守り……」
　2つでセットの、可愛らしいお守りが入っていた。
　……っ。
「あんなインチキなネックレスより、信用できるでしょ？」
　先輩……。
「は、はいっ……！」
　先輩の気持ちが、すごく嬉しかった。
　2人でそれぞれ手に取り、顔を見合わせて微笑む。
　可愛いお守り……それに、先輩とのおそろいなんて……。
「ありがとうございますっ……！」
　嬉しくて、先輩の腕にぎゅっと抱きついた。
「どういたしまして。それじゃあ甘いものでも食べに行こっか」
「えへへ、はいっ」
　私の中にあった靄が、少し晴れたような気がした。

「一生、俺だけのものでいてね」

「わっ……こ、ここに泊まるんですか……？」
「うん」
　1日目の観光を終えて、宿泊する旅館についた。
　部屋に案内され、入った途端にびっくりする。
　ひ、広すぎる……それに、露天風呂まで……！
「すごい……！　私、こんな広いところに泊まるの初めてです……！」
　目を輝かせながら、部屋を探索した。
　そんな私を見て、先輩はくすくす笑っている。
「気に入ってもらえてよかった」
　気に入らないわけがないです……！
　ここ、絶対2人部屋じゃないよね……？
　いいのかな、こんなすごい部屋に泊まらせてもらって……。
　少し冷静になって考えると、なんだか申し訳なくなってきたけれど、先輩がせっかく連れてきてくれたんだから、今はその厚意に感謝しようと思った。
「いっぱい歩いたから疲れたでしょ？　ご飯の前にお風呂入る？」
「はいっ……！」
　それぞれ旅館の温泉へ行き、入浴後は浴衣に着替えた。
　部屋に戻ると既に夕食が用意されていて、豪勢な料理を、

お腹いっぱいになるまでいただいた。

「はぁ……幸せです……」
　心もお腹も満たされ、頬がだらしなく緩む。
「こんないいところに連れてきてくれてありがとうございますっ」
　向かい合って座る先輩にお礼を言って、満面の笑みを向けた。
「俺が杏と来たかったんだよ。俺のほうこそ、一緒に来てくれてありがと」
　お礼を言われるようなことをしているつもりはないので、返事に困ってしまう。
　だって、してもらってばっかりなのに……そんな言い方されたら、照れてしまう。
　まるで、居てくれるだけでいいって、言ってもらってるみたい……。
「これからも２人で、いろんなところ行こうね」
　先輩のその言葉に、ドキリと心臓が音をたてた。
　そして、嫌な記憶がよみがえる。
『あなた方の前に、恋の試練が訪れるでしょう……』
　脳裏に焼きついた、占い師さんの言葉。
　……っ。
　思い出さないように、してたのに……。
　先輩がお守りまで買ってくれたのに、私……いつまで気にしてるんだろう。

どうにかして忘れようとしても、完全に払拭することはできない。
『もともと、お２人の相性はよくないように見えます……』
　相性って……どういうことだったんだろう。
　先輩に……私はふさわしくないって、ことかな？
『あなた方の恋が終わる日も、近いかもしれませんね……』
　もし、そんな日が来たら……。
「杏？　どうしたの？」
　私を呼ぶ先輩の声に、ハッと我に帰る。
　い、いけないいけない……また先輩に、心配かけちゃうところだった。
「な、何もありません！　えへへ……料理美味しかったです」
　慌てて平静を装い、笑顔を見せた。
　けれど、先輩が疑うような視線を向けてきたことに、私は気づいてしまった。

【side 悠牙】
「な、何もありません！えへへ……料理美味しかったです」
　あからさまな作り笑い。無理に笑う杏を見て、腹が立った。
　頼りない、俺自身に。
　あの占いに行ったときから……杏の様子がずっとおかしいことには気づいていた。
　少しでも不安を和らげようと、お守りを買ったりしたけ

ど、そんなの俺のエゴだったんだろう。
　物で不安を拭おうだなんて、浅はかな考えだった。
「……杏」
　できるだけ優しい声で、名前を呼んだ。
「言いたいことがあるなら、言って？」
「……っ、え？」
「今、何考えてるの？」
　そんな……泣きそうな顔して。
　俺の言葉に、杏は肩をビクッと震わせた。
　戸惑（とまど）っているのか、目が泳いでいる。
　杏がこんなに不安がるなんて……よっぽどあの発言が、気になるのかな。
　あんなの、嘘に決まってるのに。
　どう考えたって、俺たちが別れるだの相性がよくないだの占い師に言われたことは全部虚偽（きょぎ）だ。
　つーか、俺にムカついたのかもしれないけど、私情持ち込みすぎ……。
　あんなのを信じる杏も単純だけど。
　……ま、そこも杏の可愛いところだからいいんだけどさ。
「……あ、の……」
　返事が見つからないのか、杏は俺から視線を逸らし、困ったように眉の端を下げている。
「……ち、違うんです、あの……言いたいこととかは、なくて……」
　言葉を探すように口を開けたり閉じたりしている杏。

不謹慎だけどその姿が可愛くて、今すぐその唇を奪ってやりたくなった。
　ぐっと堪えて、次の言葉を待つ。
「ただ……ずっと、頭から離れなくて……」
　そう言った杏の瞳に、じわりと涙が浮かんだ。
「こ、恋の試練ってなんだろう、とか……別れるとか……ぐるぐる考えちゃって……」
　あーあ、泣いちゃった……。
　そんなこと、考えるだけ無駄なのに。
　でも、俺のことで悩んでると思うと……たまらなく、可愛い。
「はーあ……もう」
　俺の彼女は、なんでこんなにも可愛いんだろう。
　今までテーブルを挟んで向き合っていたけれど、じれったくて立ち上がった。
　杏の後ろに座って、華奢な体を引く。
　そのまま俺の足の間に座らせて、後ろから抱きしめた。
「ほら、こっち向いて」
　泣き顔を隠そうとしているのか、俯いている杏の顔をそっと触る。
　俺と視線を合わせるように顔を上げさせると、潤んだ瞳と目が合った。
　……くそ可愛いな、ほんと。
「杏の泣き顔って、最高に可愛いけど、かわいそうになる。どうにかしてあげたいって気持ちになるんだよね」

「どう、にか……?」
「まあ今は、泣きやませたいって気持ちかな。ほら、大丈夫だから、あんなの嘘だって。俺が杏を手放すなんてこと、あるわけない」

　あんなインチキ野郎より、俺の言葉を信じて。

　杏が安心できるまで、何度だって、どんな台詞でだってこの気持ちを伝えるから。

　そんな気持ちを込めて見つめると、杏の瞳にはさらに涙が溢れた。

「……先輩っ……」

　ポロポロと涙をこぼしながら、俺に抱きついてくる杏。

　可愛すぎて、思わずため息が漏れた。

　……よしよし、大丈夫だよ。

　万が一にでも、俺たちが別れることなんてないから。

　っていうか、絶対死んでも逃がさないし。

　俺以外に、いい男なんて現れさせない。

「でも……あんな占い信じるなんて、杏はほんとにどこまで純粋なの?」

　俺なんか、内心胡散臭すぎて笑い堪えるのに必死だったのに。

　あれなら、俺のほうが上手くできるよ。

　小さな体を優しく抱きしめながら、泣きやませようと背中を優しく撫でる。

　杏は気持ちよさそうに目をとろんとさせ、しがみつくように俺に抱きついている。

ちょっとは……安心できたかな。ちゃんと、俺の言葉で。
「……ね、ちょっと目瞑って」
「え？」
「いいから。ほら……閉じて」
　おとなしく目を瞑った杏から手を放し、近くに置いていた鞄を取った。
　その中から、とある箱を取り出した、中のものを出す。
　それを、杏の首につけた。
「……はい、いいよ」
　恐る恐る目を開けた杏は、首についているものを見て、目を見開いている。
「……これ……」
　占い師にネックレス勧められたとき、俺すごく焦ったんだから。
「占いで買ったんじゃないよ。あんな安っぽいニセモノを杏につけさせたくないし」
　……俺だって、杏に用意してたのに。
「どう、して……」
「２ヶ月の記念日のプレゼント。……これ、ペアだから」
　既に自分の首につけているネックレスを、杏に見せる。
「指輪だと普段つけられないでしょ？　だから、ネックレスなら制服で隠れるし、ずっとつけてられると思って」
　男がペアのものを渡すなんてどうかと思ったけど……多分、束縛したかったんだと思う。
　俺があげたものを、つけてほしかった。

証が欲しい、なんて……俺のほうが女々しいかも。
「あんなエセ占い師が勧めるネックレスより、俺があげたもののほうが、効果あると思わない？」
　杏の瞳に、再び涙がたまっていく。
「……っ、先輩っ……！」
　勢いよく飛びついてきた杏を受け止め、頬が緩んだ。
「ふふっ、かーわい。ねぇ杏、杏が不安に思うことなんて、１つもないよ」
　俺はこんなにも、杏が愛しくて仕方ないんだから。
「俺の世界の中心はいつだって杏。っていうか、杏が俺から逃げられるはずないでしょ？」
　俺が言ったこと、忘れたの？
「何があっても放してやらない……愛してる」
　嫌だって泣き喚いても、逃がしてなんてあげないよ。
　もう杏は、俺に捕まったの。
　抱きしめる腕に力を込めると、杏もそれに応えるように、ぎゅうっとしがみついてくる。
「……大好き、ですっ……」
　俺の胸に頬をすり寄せながらそう言った杏に、体の奥がドキリと音を鳴らした。
「あー、たまんない。もっと言って」
　杏からの好きは……何回もらっても、嬉しい。
　嬉しすぎて……すっげーだらしない顔になってる。
「好き……先輩のこと、大好きっ……」
　顔を見られたくなんて、杏の首筋に押しつけた。

お風呂上がりだからか、いつもとは違うシャンプーの香りがする。
　けれど、どこか杏のいつもの香りも残っていて、それに煽られる。
「ふふっ、こんな杏が見られるなんて、占いに行ってよかったかも」
　余裕のあるフリをしたくてそんなことを言ったけど、内心心臓が爆発しそうなほど高鳴っていた。
　愛しいとか可愛いとか、そんな感情が溢れて止まらない。
　好きすぎて……頭がおかしくなりそう。
「杏……」
　耳元で、そっと囁いた。
「……一生、俺だけのものでいてね」
「んっ……」
　我慢できずに、杏の唇を塞ぐ。
　あー……甘い。
　なんでこんな甘いんだろ、ほんと……。
　夢中になって貪(むさぼ)っていたら、苦しくなったのか、杏が胸を叩いてくる。
　必死に理性をフル稼働(かどう)させてなんとか唇を離すと、杏の真っ赤な顔が視界に映った。
　……。
「ねぇ、写真撮っていい？」
「なっ……だ、ダメです！　何に使うんですかっ……」
「可愛すぎるから、収めとこうと思って」

必死に首を左右に振り、ダメですアピールをしてくる杏。
　　ふっ、仕方ない。
「残念。……それじゃあ、今日はもう寝よっか？」
　　これ以上起きてたら、止まらなくなりそうだし……。
「疲れたでしょ？　明日のためにも、ちゃんと休まなきゃね」
　　明日も朝早くから観光する予定だから、今日の疲れをとってもらわなきゃ。
　　杏はただでさえ体力がないし、今日も大変だっただろう。
　　２人で布団に入って、寝る姿勢になる。
　　……ん？
　　俺は、杏がそわそわしていることに気づいた。
　　……ああ、なるほど。
「そんなに強張らなくても、何もしないよ」
　　俺が、手を出すかと思った……？
　　どうやら図星だったらしく、杏の顔が赤く染まった。
　　ふっ……どこまで可愛いんだろ。
　　本当は今すぐにでも、押し倒しちゃいたいくらいだけど……。
「杏の心の準備ができるまで、いつまでだって待つから」
　　そんなことがしたくて、旅行に誘ったわけじゃない。
　　杏となら、一緒にいるだけで満たされるから……。
　　それに、俺はもう長い間、ずっと片思いしてたんだ。
　　待つのは得意だし、そういうことは、杏がしたいと思ってくれるまでしない。

でも……。
「だから、抱きしめるだけ許して」
　そのくらいは、いい？
　こくりと首を振った杏の額にキスをして、その体を抱き寄せた。
　あったかい……。
「おやすみ……杏」
「おやすみなさい……先輩」
　可愛い声にそう言われて、幸せな気持ちになる。
　こういうの、いいな……。
『おやすみ』っていう何げない挨拶さえ、愛しい。
　結婚したら、これが当たり前になるのか……そう考えたら、やばいな。
　幸せすぎて、早死にするかもしれない。
　はぁ……杏の温もりで、今日はすぐに眠りにつけそう……。
　そう思ったとき、腕の中にある温もりが、もぞもぞと動いた。
「……えへへ……大好き……」
　寝言だろうか、愛らしすぎるそのひと言に、心臓を貫かれる。
　やっぱ訂正、無理。眠れる気がしない……。
　結局、その日はまともに眠ることができず、杏の可愛い寝顔を眺めていた——。

【side悠牙】-END-

２日目は、朝から夕方まで観光をした。
　お寺参りをして、少し早いけど先輩の大学受験成功を祈願したり、お土産を見たり、スイーツの食べ歩きをしたり……。
　帰りの新幹線に乗ったときは、もう私はヘトヘトで、楽しみにしていた駅弁を食べる間もなく眠っていた。
「杏、起きて。杏」
「……んっ」
「ついたよ」
　……え？
　ここ……私の家？
「……っ、あれ？　新幹線に乗ってたんじゃ……！」
「うん、駅についても杏起きなかったから、運んで車に移動した」
　うわ……そんなご迷惑をっ……。
「す、すみませんでしたっ……！」
「いいよ。起こすのかわいそうだったし。それに……寝顔可愛かったから」
　さ、最悪……だらしない寝顔を見られた……っ。
　満足げな表情の先輩に、文句を言おうかと思ったけれど、眠り込んで迷惑をかけてしまった私の自業自得だ。
「歩ける？　まだ眠いなら俺が家までお姫様抱っこしてあげようか？」
「い、いいですっ……！」
　ニヤニヤと口角を上げている先輩は、完全に確信犯だ。

私をからかって楽しんでる……っ。
「俺も家に上がらせてもらっていい？　お母さんとお父さんに挨拶させてもらうから」
　そう言ってくれた先輩に、こくりと頷いた。
　先輩って、こういうところ律儀(りちぎ)だなぁ……。
　お母さんが先輩のことをすごく気に入っているのも、こういうところが要因だろう。
　それにしても……。
「もう、夏休み終わっちゃいますね」
　びっくりするほど早かったなぁ……。
　夏休みも、この２日間も。
「そうだね。残念？」
「……いえ。むしろ、ちょっと嬉しいくらいです」
「え？　どうして？」
　私の言葉が意外だったのか、先輩は不思議そうな顔をした。
「だって……学校が始まったら……毎日先輩に会えるから」
　寝起きで少しぼうっとしていたからだろうか。そんな言葉が、恥ずかしげもなく出てきたのは。
「……なんでそんなこと言うかな……」
「先輩？」
「そんな可愛いこと言われたら、帰りたくなくなる」
　困ったように眉間にしわを寄せ、私を見つめてくる先輩。
　いつもの余裕が消えたようなその表情に、なんだか嬉しくなった。

「また明日会えますよ」
「わかってるけど……はぁ、頼むから可愛いこと言わないで、放せなくなるから」
　先輩は言葉通り、強く抱きしめてきた。
　苦しいくらいの抱擁(ほうよう)に、頬が緩む。
「また……デートしましょうね」
「当たり前。毎日でもしたいくらい。っていうか今すぐ連れて帰りたい」
「ふふっ……私も、寂しいです……」
「…………ねえ、急に素直になるとき、なんのスイッチが入ってんの？」
「本音です……」
「……くそ……なんなの、この可愛い生き物」
　私の頭を撫でながら、逃がさないとでもいうかのようにきつく抱きしめてくる先輩。
　それが心地いいなんて思う私は、重症かもしれない。
　夏休み最後の２日間は、忘れられない思い出になった。

「俺以外の男と２人にならないで」

「えー、今日は文化祭の出し物について決めていこうと思います」

　　ＬＨＲの始まり。
　　_{ロングホームルーム}

　　担任の先生が、黒板に大きく"文化祭・出し物"と書いた。

　　夏休みが明け、先輩と付き合い始めて早３ヶ月が経って、季節はもう秋に入る頃。

　　高校生になって初めて迎える文化祭だ。

　　私のクラスは、何になるんだろうなぁ……。

「１年は教室で出し物をする予定よ。何か候補ある人いる？」

　　文化委員のタズちゃんが前に出て、進行をしている。

「あ、はいはい！」

　　クラスメイトの１人が手を挙げて、立ち上がった。

「文化祭といえば、やっぱりメイド喫茶でしょ！」

　　メイド、喫茶……？

「俺もさんせーい！　うちのクラス杏ちゃんいるし、売り上げ１位確実でしょ！」

　　……え？

　　わ、私……っ？

　　どうして私が売り上げに関わるのかわからなくて、目を瞬かせた。

「メイド喫茶とか男子しか楽しめないじゃん！　それなら翔くんいるんだし、執事喫茶でもいいでしょー！」
「え？　僕……？」
　次の標的になった翔くんは、困ったように苦笑いしていた。
「翔くんの執事とか絶対見たいー！」
「あたしもさんせーい！」
「はぁ？　絶対メイド喫茶のほうが盛り上がるって！」
「執事喫茶とか堅くるしーだろ！」
　な、なんだか、言い争いが始まった……っ。
「うるさい！　ストップ！　なら、メイド＆執事喫茶でいいでしょ!!　これで文句ない？」
　タズちゃんの言葉に、クラスがシーンと静まった。
「「「さんせーい！」」」
　……え？
　どうやら、私と翔くんを除く満場一致で、うちのクラスはメイド＆執事喫茶に決まったらしい。
　なんだか、ごちゃごちゃしたネーミング……あはは。
「接客は交替制で、16人は必要ね。執事8人とメイド8人。推薦でいいかしら？」
　誰も異議はないらしく、話が進んでいく。
　メイドなんて、絶対やりたくないなぁ……だって、お、お帰りなさいませってやつだよね……？
　む、無理無理……。
　そう思っていたのに、

「とりあえず、メイドは鈴森さんと三宅さんで確定だろ?」
　クラスメイトのそんな言葉があがり、みんなが頷いた。
　……え?
　う、嘘でしょう? どうして私がっ……!
「や、やだ……!」
　教卓に立つタズちゃんに声をかけるけど、私の言葉を無視して、黒板に私の名前を書き始めるタズちゃん。
　ほ、本気っ……?
「タ、タズちゃん、私メイドなんて……!」
「杏はうちの看板娘にするから、拒否権なし!!」
　きっぱりと言いきられ、涙がじわりと滲んだ。
　そ、そんな……。
「お疲れ様、杏ちゃん……」
　肩を落とした私に、隣の席の翔くんが苦笑いを向けてくる。
「う……やだよぉ……」
　看板娘って、何……?
　文化祭を楽しみにしていたけれど、一気に憂鬱な行事へとなり果てた。
「執事は翔くんは確定でいいよね。あと、棗くんも大人っぽいから似合うと思う!」
　今度は翔くんが指名され、私が苦笑いを向ける。
「お疲れ様、翔くん……」
「あはは……勘弁してほしい……」
　2人して、とんだ災難だよね……。

「でも、一緒に接客できるもんね、ちょっと楽しみかも」
　こんな状況にもかかわらず、そんなことを言い出す翔くん。
「え？」
「杏ちゃんのメイド服姿。僕も見てみたいから」
　……な、何を言ってるの、翔くん……。
　にっこりと微笑む翔くんに返した私の笑顔は、きっと引きつっていたに違いない。
「接客はこんな感じでいいかしら。それじゃあ、早速だけど係を決めるわ。来週から作業に取りかかるから、お店の内装決めるデザイン係と、買い出し係は先に決めておきたいの」
　メイドと執事の役は確定なんだ……と苦笑いをしながら、進行をするタズちゃんを眺める。
「候補がいなければ、くじで決めていいかしら？」
　早速クラスでくじを回し、係を決めることになった。
　私の番が来て、そっと1枚紙を取る。
　ゆっくりと開くと、そこには"買い出し係"とはっきり書かれていた。
「……あ、私だ……」
　こんなときに、ハズレくじを引いてしまうなんて……。
　メイドといい買い出し係といい、不運続きだ……。
「それじゃあ、買い出し係は杏と棗くんね」
　棗くん……？
　あ、確かさっき執事で推薦されてた……。

どの子だっけ……？　と教室を見渡すと、２つ前の席の男の子が私を見てにっこりと微笑んだ。
　あ……知ってる、名前棗くんっていうんだ……確か苗字は、神崎くん。
　クラスの人気者で、男の子からも女の子からも慕われている人。
　話したことはないけれど、彼はいつもクラスの中心にいた。

「よろしくね、鈴森さん」
　ＬＨＲが終わって、私のもとへ歩み寄ってきてくれた神崎くん。
　早速今週末、２人で買い出しに行かなきゃいけないことが決まったんだ。
　先輩とゆっくり過ごしたかったんだけどな……。ちょっと残念だけど、決まったものは仕方ないよね。
「うんっ、こちらこそよろしくね」
　そう言って神崎くんに微笑みかけると、なぜか彼の顔が赤く染まった。
　……？
　口元を手で覆っている神崎くんに、首を傾げる。
「……間近で見ると、ほんと可愛いね……」
「え？」
「う、ううん、何もないよ」
　……？

それにしても……先輩、なんて言うだろ……。
『俺以外の男と2人にならないで』って言われてるけど、
さすがに買い出しくらいは許してくれる、よね……？

「なんでそんなかわいーの？」

「杏、お待たせ」
　放課後、いつものように、先輩が私の教室まで迎えに来てくれた。
「帰ろっか？」
「はいっ」
　先輩と手を繋いで、一緒に帰る。
　先輩と私が付き合っていることは、もう学園中に知れ渡ってしまったらしく、校内で手を繋いでいても、何も言われない。
　先輩が何か言ったのかわからないけれど、取り巻きの女の子たちもすっかりいなくなり、平和な毎日を送っていた。
　先輩の車に乗せてもらって、いつものように先輩の家へ向かう。
　いつも宿題を教えてもらったり、映画を観たり、出かけるときは街に買い物に行ったり……そんな放課後が、日常になっていた。
「杏、今週の土日空いてる？」
「……あっ、そうだ」
「ん？」
　先輩に、買い出し係のこと言わなきゃ……！
「じつは、文化祭の買い出し係になっちゃって、週末はそれの買い出しに行かなきゃいけないんです」

「面倒なやつに当たったの？　かわいそ、1人？」
「あ、いえ……もう1人います。神崎くんっていう……」
「……男？」

　わかりやすく、先輩の声色が変わった。

　や、やっぱり、ダメかな……？

　で、でも、くじで決まっちゃったし、断ることもできないし……。

「へぇ。他の男と週末デート？」

　あからさまに不機嫌になった先輩が、意地悪なことを言ってきた。

「で、デートじゃないですっ……！　ただの買い出しです！」
「でも休日に会うんでしょ？　デートじゃん」

　なっ……そ、そんな屁理屈みたいな……。

　返事に困ってしまって、唇をぎゅっと噛みしめる。

「俺もその日、杏のことデートに誘おうと思ってたのになー」

　え……？

「……デート？」
「そ、2人でゆっくりしたかったのに」
「……」
「まあ杏は他の男と遊ぶらしいし、残念」

　真顔でそんなことを言う先輩は、完全に怒っているらしい。

　そんなの……私だって、できるなら先輩と過ごしたかっ

た。
　でも……仕方ない、もん……。
　先輩の意地悪……。
　悲しくなって、視線を下げる。
　そんな私を見て、先輩は口角を上げた。
「ふっ、あからさまに残念な顔しちゃって、かーわい」
「……っ、してないです」
　横目で先輩を睨みつけると、「あっそ」という素っ気ない返事が返ってきた。
　それに、ズキッと胸が痛くなる。
「どうでもいいけどさ……」
　先輩はそう言って、私の頬を摘んできた。
「俺じゃなくてそいつんとこ行くって言うなら、土日は監禁するから」
　……か、監禁？
　な、なに言ってるの先輩っ……!?
「他の野郎となんて、行かせるわけないでしょ？　考えただけで息の根止めてやりたくなる」
「な、なに言ってるんですかっ……む、無理ですよ……もう決まったことですし……」
　どこまで本気なのかわからないけれど、先輩の目は随分と冷めていて、いつもの優しさが感じられない。
　目の前の先輩は、『杏』って呼んで微笑んでくれる先輩じゃなくて、それにとても寂しさを感じた。
「へぇ……杏は俺以外の男とデート行きたいんだ？」

「ち、違いますっ……!!」
「じゃあ行かない？」
「……そんな無責任なこと……できないです……」
「ふーん……そ、杏の気持ちはよーくわかった。じゃあもう俺とは一生デートなしね」

　完全に拗ねているらしい先輩。

　一生って……どうしてそんな、意地悪言うのっ……？

　悲しくて、じっと先輩を見つめても、先輩は私のほうを見ようともしない。

「あーあ、萎えちゃった……今日はこのまま帰ろっか」

　それどころか、そんなことを言って、運転手さんに私の家へ向かうように伝えた。

　……わ、私が悪いの……？

　だって、決まっちゃったんだもん、仕方ないよ……。

　ヤキモチ焼いてくれるのは嬉しいけど、そんな突き放すような態度取らなくても……。

　スマホをいじり始めた先輩に、涙がじわりと溢れ出した。

　先輩の、わからずや……っ。

　そう、思うのに……。

「せん、ぱい……」

　先輩に冷たくされるのは、やっぱりやだっ……。

「……何？」

　私を見ずに返事をする、素っ気ない先輩。

　私はその腕にぎゅっと抱きついて、甘えるように頬を寄せた。

「…………はぁ……杏さぁ……」
　先輩が、スマホを置いて、ため息をつく。
　唐突に腕を引きはがされて、拒否されたのだと悲しくなったら、次の瞬間優しく抱きしめられた。
「なに可愛いことしてんの？」
　恐る恐る先輩の顔を見ると、その表情は、いつもの優しい先輩で、涙が溢れた。
「何か言いたいことは？」
「……」
「杏、言わなきゃわからないでしょ？」
　いつもの優しく絆すような言い方に、自然と口が開いてしまう。
　先輩は……ズルい。
「本当は……先輩と、デート行きたい……ですっ……」
　先輩の胸にぎゅっと抱きついて、情けない言葉を吐いた。
　自分から行けないと言ったのに、めんどくさい女だな、私……っ。
　でも、ほんとはずっと、先輩といたい。
「ふっ、よく言えました。いい子」
　先輩は、嬉しそうにそう言って、私の頭を撫でた。
　それが気持ちよくて、先輩の手に頬をすり寄せる。
「猫みたい……なんでそんなかわいーの？」
　先輩に可愛いと言われると、恥ずかしい反面胸がドキドキして仕方ない。
「もう他の男と出かけるとか、変なこと言わないでよ？」

「で、でも、やっぱり土日はっ……んっ……ぅ」
　行かなきゃダメです……と言おうとした私の唇を、先輩の唇が塞いだ。
　強引なキスに、息もできない。
「でも、じゃないでしょ？」
「んっ、だ、って……」
「休日は俺に監禁されて。ね？」
　だから、監禁ってなんです、かぁっ……。
「それは、やだぁっ……」
　必死に身をひねる私の動きを、先輩が止める。
　強く抱きしめられて、身動きも取れない。
　ようやくキスをやめた先輩は、優しく私の頬に触れながら、にこりと微笑んだ。
「杏に拒否権なんてないの。嫌がってる顔も可愛い。ほんと、俺を煽るのが上手だよね」
　煽るって……そんなこと、してないっ……。
　先輩は、やっぱり変態だっ……。
「杏が見たいって言ってた映画全部用意するし、お菓子も紅茶も全部取り寄せとくから、家でデートしよ、ね？　買い出しも俺が全部付き合ってあげるから」
　強請(ゆす)るような言い方に、うっ……と言葉を呑み込んだ。
　そんなふうにお願いされちゃったら、もう拒否できないよ……。
　タズちゃんには怒られるかもしれないけど、頼んでみよう……。

「は、はい……」
　もう抵抗する気にもなれなくて、首を縦に振った。
　そんな私に、先輩はご満悦。
「ん、いい子。大好き」
　ああ、この笑顔には逆らえないなぁ……と、先輩の腕の中でそんなことを思った。

　タズちゃんに、私1人で買い出し係をさせてほしいと頼むと、なんとか了承してもらえた。
　……ということで、土曜日。先輩に付き合ってもらって、文化祭の買い出しにいくことに。
「そういえば、文化祭って杏のクラス何するの？」
　目当てのお店に向かっているとき、先輩にそう聞かれて、私は口を開いた。
「メイド&執事喫茶です」
「……は？」
　怪訝そうに、眉をひそめた先輩。
「まさか、杏がメイド服着んの？」
「……一応、そうみたいで……」
　ほぼ強制だったけど……。
　先輩は綺麗な顔をこれでもかと歪めて、鬼の形相になっていた。
　不機嫌を通り越して、激怒している。
「バカ？　そんなの俺が許すと思ってんの？　ありえない。……わざわざ他の男に晒すようなことしないで。可愛いん

だから、危ないでしょ？」
 心配、してくれてるの、かな……？
 それは、ちょっと嬉しい……。
 でも、拒否しても却下されちゃったんだもん……。
「もう決まったみたいなので……」
「じゃあ俺からクラスのヤツらに言ってやる」
「い、いいですよそんなのっ……！」
 生徒会長の先輩が関わったら、大事(おおごと)になっちゃう……！
「俺がよくないの。はぁ……絶対無理。想像しただけでムカつく」
 頭をガシガシと掻きながら、独占欲を隠そうともしない先輩に、少しだけときめいてしまった。
 束縛が激しい男は嫌だって、よくタズちゃんが言ってるけど……。
 先輩からの束縛は、なんだか悪い気はしない……。
 愛されてるんだって実感できるというか……って、なに考えてるんだろう、私っ……。
「メイド服着たいなら、俺の前だけにして」
 繋いだ手に、ぎゅっと力を込めた先輩。
「き、着たいなんて思ってません……！」
「うん、俺が着てもらいたいだけ」
 ……もしかして……。
「……そういうの、好きなんですか……？」
 先輩、メイドとか、す、好きなのかな……？
 恐る恐る尋ねた私に、先輩はすぐに否定した。

「勘違いしないでよ。杏限定だから」
　私、限定……？
「可愛い彼女のいろんな姿見たいって思うのは、当然でしょ？」
　私の顔を覗き込むようにして見ながら、ニヤッと微笑んだ先輩。
　……っ。
　恥ずかしくて、あからさまに目を逸らしてしまった。
　可愛い彼女って……ほんとに思ってくれてるのかな……？
　だとしたら、嬉しい、けど……。
「……せ、先輩のクラスは、文化祭で何をするんですかっ……？」
　照れ隠しをするように、話を逸らした。
　それに気づいた先輩は、「ふっ」とおかしそうに笑ったけど、この際気にしない。
「……まあ、似たようなやつ」
「え？」
「コスプレ喫茶……」
　こ、コスプレ喫茶……？
「へぇ……！　先輩は何するんですか？」
　あまり乗り気ではなさそうな先輩を見つめ、私は目を輝かせた。
　先輩がコスプレ……？
　なんのだろうっ……！

「んー……、知らない。クラスのヤツらが勝手に用意してくれるらしい」
　めんどくさそうな返事に、先輩も不本意で選ばれたと察した。
　先輩、なんの衣装着るんだろうなぁ……ふふっ。
「楽しみにしてますっ」
「やめて。変なやつだったら嫌だから」
　本気で嫌そうな先輩に、笑顔を向ける。
「先輩は、何着てもかっこいいですっ」
　スタイルもいいから、きっと誰よりも着こなすんだろうなぁ……。
「……またそんな可愛いこと言うでしょ……はぁ……」
　ため息をついた先輩に、首を傾げた。
　……?　先輩?
「早く買い出し終わらせて帰ろ。2人きりになりたい」
「え?」
「杏とイチャイチャしたいって言ってんの」
「……っ」
　ま、街中で、なんてこと言うのっ……!
　先輩の発言に顔を真っ赤にしながら、手を引かれ、なんだかんだ買い物を楽しんだ。

LEVEL. MAX
－独占－

「調子狂うんだけど……」

「あーんー! ちょっとこの機材運んでー!」
「は、はーいっ!」
　文化祭前日。
　朝から全校生徒が、文化祭の用意に取り組んでいた。
　私のクラスも、機材や衣装の確認でみんなバタバタしている。
　タズちゃんのメイド服、似合ってるなぁ……!
　お姉さん系のメイドさんだ……!
　翔くんも棗くんも、執事服が様になっていて、女の子たちがみんな目をハートにしている。
　ちなみに私は、裏方に回してもらえることになった。
　先輩がタズちゃんと言い争って、なんとか免除してもらえたんだ。
　あのときの2人の口論、怖かったなっ……。
　思い出すだけで、身体がブルブルと震える。
「鈴森さん、悪いんだけど体育館に行って、プレート取ってきてもらえないかな……?」
「うん! わかった!」
　クラスメイトに頼まれて、急いで体育館に向かった。
　裏方だから、できる仕事はたくさんしなきゃっ……!
　体育館に向かう途中。先輩のクラスの前を通る。
　先輩、いるかな……?

ちらりと教室を見ると、女の子たちが一点に集まっていた。
　ん……？　なんだろう……。
　立ち止まって、じーっと見つめる。
「あっ……」
　せ、先輩っ……!?
　驚いて、目を見開く私。
　遠目から見ていると、先輩が私に気づいて、こちらへ駆け寄ってきた。
「杏、何やってんの？」
　すぐ目の前までやってきた先輩の姿に、驚いて固まってしまう。
　先輩はそんな私を見て、ニヤリと口角を上げた。
「びっくりした？」
　び、びっくりしたって……びっくりしましたよ……っ。
　だって、先輩の衣装……お、王子様だっ……！
　コスプレ喫茶をするとは聞いていたけど、まさか王子様とは……。
　……似合いすぎてて、びっくり……。
「この服マジで鬱陶しい……フリフリもウザいし、やけに重たいし」
　先輩は、言葉の通り鬱陶しそうに服を摘んだ。
　そんな姿さえかっこよくて、見惚れてしまう。
「……どーしたの？　あーん。……もしかして見惚れちゃった？」

先輩の言葉に、こくりと頷いた。
「先輩、かっこいい……」
　こんなの、誰でも見惚れちゃうっ……。
　ちょっとだけ、やだな……みんなが先輩のこと、かっこいいって思っちゃうの……。
　少しだけ、いつもヤキモチを焼いてくれる先輩の気持ちが、わかってしまった。
「……杏はほんと……なんつーか、なんでたまに素直になるの？」
　……え？
「調子狂うんだけど……」
　ほんのりと赤くなっている先輩に、胸がキュンッと高鳴った。
　えへへ……照れてる先輩、珍しいっ……。
「だって……先輩、ホンモノの王子様みたいですっ……！」
　先輩の顔をじっと見つめながら、微笑んだ。
「うん。俺は杏の王子様」
「私……の……？」
「うん。杏だけの」
「……それじゃあ、世界一かっこいい王子様ですねっ」
　今すぐに抱きつきたい気持ちをぐっと堪えて、先輩の手をそっと握る。
　人目があるから、これが限界っ……。
「……杏。お前ね、あんまり俺を調子に乗らせるな」
　先輩の顔を見ると、困ったように眉を歪めていた。

余裕がないようなその顔に、ドキリとする。
「あー、今すぐ抱きしめたい……」
「……私もっ」
「……そんなこと言って、放課後どうなっても知らないから」
　耳元で囁かれた言葉に、今度は私が真っ赤になった。

「よし、今日は１日頑張るわよっ！」
　そしてやってきた文化祭当日。
　よーし、裏方として頑張るぞっ……！
　私は、前半がキッチン、後半は休憩なので、仕事が終わり次第先輩と合流して、文化祭を回る約束をしている。
　楽しみだなぁ……。
「ちょっと、嘘でしょ……？」
　そんな呑気なことを考えているとき、教室の奥からタズちゃんの声が聞こえた。
　……？
　どうしたんだろう……？
「タズちゃん何かあっ――」
「メイドが２人も欠席なんて、どうすんのよ!?　２人でホール回せるわけないでしょ!?」
　……け、欠席？
「どうする三宅さん……？」
「どうするって……残ったメンバーで、どうにかするしかないでしょ……」

タズちゃんはため息を吐いて、頭を手で押さえた。
　メイド係が2人も欠席なんて大変……。
　ただでさえみんな接客に慣れていないのに、大丈夫かな……？
「タズちゃん、大丈夫……？」
「ええ、平気よ……急いで代わりを見つけ……って、そうだわ」
　突然、何かを閃(ひらめ)いたように、目を輝かせたタズちゃん。
　獲物を捕らえたような瞳で私を見つめ、手をガシリとつかんできた。
「杏、あんたがするのよ」
「え？」
「メイド。あんたしかいないわ」
　……。
　ま、待って待って待って……。
「私はしないって、あれだけ話し合ったのに……？」
　あの地獄のような口論を、忘れてはいないよねっ……？
　いつも強気のタズちゃんでさえ、激怒した先輩に身震いしていた。
　それなのに、タズちゃんはケロッとした顔で言い放つ。
「そんなこと言ってられない状況なの、わかるでしょ？ あんたに全てがかかってるの」
　私に……？
　そ、そんな……。
「でも、先輩が……」

「大丈夫。バ会長は前半店番でしょ？　見つからないわよ」
　確かに、先輩が来ることはないだろうけど、それでも無理だよ。
　だって、万が一にでも見つかったら、逆鱗に触れてしまう……！
「で、でも——」
「杏、一生の頼みよ……！」
　なんとか拒否しようとした私の言葉を、タズちゃんが遮る。
　まっすぐ、懇願するような瞳で私を見つめたタズちゃんに、ごくりと息を呑んだ。
「あたしたちはなんとしてでも売り上げ１位になって、焼肉食べ放題を手にしなきゃいけないの……!!!!」
　……や、焼肉って……。
　がっくりと拍子抜けしてしまったけど、さすがに無下にもできない……。
「わ、わかった……」
　先輩には申し訳ないけど……クラスメイトたちのためにも、仕方ない、よね……。
「さっすが杏！　さ！　早く着替えて!!」
「う、うん……」
　欠席の子が着る予定だったメイド服を受け取って、私は更衣室へと急いだ。

「あーもう、おいで」

　う……。
　こんな服で、接客するのっ……？
　鏡に映った自分の姿を見て、恥ずかしさのあまり顔が赤くなる。
　メイド服特有のフリルがふんだんに使われたその衣装は、走るとめくれそうな薄い生地の上、スカート丈がとても短い。
　一応中にショートパンツを着用しているけど……こんな格好で人前に出るなんてっ……。
　やっぱり、無理っ……！
　──バタンッ。
「ちょっと杏、まだ……って……」
　ノックもせずに入ってきたタズちゃんが、私を見て固まった。
　タ、タズちゃん……？
「似合いすぎてて何も言えないわ……」
　何やら頭を抱え、悩んでいるタズちゃん。
「これ、ほんとにやばいかもしれない……バ会長に死んでもバレないようにしなきゃ……」
　ぶつぶつと独り言を言っていて、私は首を傾げた。
　タズちゃんってば、どうしちゃったの……？
　そ、それよりも……。

「タズちゃん、私こんなの無理だよっ……！」
　メイドなんて、やっぱりできない……！
「なに言ってんのよ今更！　さ、みんなのとこ行くわよー！」
　私の嘆きを無視し、手を握って教室へ歩いていくタズちゃん。
　もう、ほんとに嫌……こんなの恥晒しでしかないよぉっ。
「看板娘のご登場！」
　私を引きずったまま、教室に入るタズちゃん。
　私を見て、クラスメイトたちが目を見開いている。
　ほ、ほら、みんな引いてるよ……。
　恥ずかしさのあまり、下を向いた。
「杏、ちゃん……？」
　翔くんが、恐る恐る歩み寄ってくる。
「うっわ……」
　隣にいた棗くんも、驚いた様子で声をあげた。
「へ、変だよねっ、ごめんねっ……」
　2人に、お見苦しいものを、見せてしまった……っ。
　謝った私に、慌てた様子で首を振った2人。
「ち、違うって！　変なわけない！　……その……可愛すぎて、言葉失ってたっていうか……」
　……え？
　翔くんの言葉に、私のほうが声を失った。
「……俺、売り上げトップになる未来しか見えない……」
　棗くんの珍発言に、頭の上のはてなマークは増えていく

一方だ。
「でも、心配だなぁこんな可愛い格好……杏ちゃん、変な客がいたら、すぐに俺に言ってね？」
「俺も、ちゃんと鈴森さんのこと守るから」
　何を心配してるのか、よくわからないけど……。
「あ、ありがとう、２人とも……！」
　なんだか頼もしい２人に、微笑みを向けた。
　途端、真っ赤になる翔くんと棗くん。
　も、もしかして、２人も風邪っ……？
　メイドの子が２人も休んでるんだから、クラスに風邪が流行っててもおかしくない……！
「ふふふ……それじゃ、開店準備するわよ！」
　みんな、風邪の予防はしっかりしなきゃ……！　と心の中で呟いて、タズちゃんの声に頷いた。
「お、おかえりなさいませ……ご、ご主人、さま……っ」
　何度言っても慣れない台詞を言って、お客さんを迎える。
「いい感じよ、杏。客が後を絶たないわ……！」
　いい感じ、なのかな、これ……。
　でも、賑わっているのは本当らしく、教室の外には長い列ができていた。
　お客さんが楽しんでくれてるなら、いっか……。
　そう割りきることにして、次のお客さんを迎える。
「やばい、めっちゃ可愛いんだけど」
「ねぇねぇお姉さん、オプションサービスとかないのぉ？」
　……な、なんか、怖い人たちだ……。

私が当たったお客さんは、男性2人組の、ガラの悪そうな人たち。
　高校生か大学生くらいで、若者特有のチャラいオーラを醸し出している。
　萎縮しながらも、逃げるわけにはいかず接客を続ける。
「あ、あの、ご注文をお聞きします……」
「だーかーら、サービスは？　お姉さんが何かしてくれないの？」
「えっと……あの……」
「おい、やめてやれよお前。怯えてんじゃんかわいそうに。大丈夫だからね？　俺はこいつと違って優しいから安心して」
　ニヤニヤと口角を上げながら、私を舐め回すように見る2人組。
　ど、どうしよう……怖い、よっ……。
　誰かに助けを求めようと周りを見回すも、みんな接客に手いっぱいで、頼れる人はいなさそう。
「ねーえ、隣座ってよ。メイドさんとおしゃべりできるんでしょ？」
「あの……そういうサービスは、して、ませんっ……」
「は？　俺ら金払ってんだよ？　話すくらい付き合ってよ」
　段々と要求がエスカレートしてきた彼らのうちの1人が、私の手をつかんだ。
　や、やだ……っ。
「放して、くださいっ……！」

「客に向かってそれはないでしょー?」
「ね、とりあえず連絡先教えてよ」
　目の前の彼らが怖くて、目に涙が浮かんだ。
　こんなことなら、先輩の言いつけ破るんじゃなかったっ。
　ごめんなさい、先輩っ……。
「その汚い手、今すぐ放せ」
　……えっ……?
　後ろから伸びてきた手が、男の人たちの手を振り払った。
　そして、私の身体を自分のほうへと抱き寄せたのは、……せん、ぱい……?
「なんだよお前。ガキは引っ込んでろ」
「そのガキに本気になってんのは誰だよ。ここ、学校だってわかってる?　大人の目が厳しいから、呼んだらすぐに警察も来てくれるけど?」
　そう言って、男の人たちを睨みつける先輩。
　先輩が現れたことに安心して、堪えていた涙が溢れた。
「……チッ、言われなくてもこんなとこ出てってやるよ!!」
　捨て台詞のようなものを吐いて、2人組の客が教室から出ていく。
　安堵のあまり、ほっと胸を撫で下ろした。
「ありがとうございます、先輩っ……」
　先輩が来てくれて、よかった……っ。
「……自業自得なんじゃない?」
「え?」
　突き放すような、先輩の言葉。

驚いて先輩の顔を見上げると、その顔は無表情で、冷めた目つきをしていた。
「……バイバイ」
　え……せん、ぱい？
「ま、待って先輩っ……！」
　足早に教室を去っていく先輩の後ろ姿にそう叫んでも、先輩が足を止めることはなかった。
　ど、どうしよう……先輩、すごく、怒ってるっ……。
「杏、今のバ会長？」
　一部始終を見ていたのか、タズちゃんが青い顔をして私のところへ来た。
「タズちゃん……どうしよう……」
「はぁ……バレちゃったら仕方ないわ。もうあたしにも責任あるし、残りは任せなさい。行ってきなさいよ」
　タズちゃんの言葉に、大きく頷いてみせる。
「あ、ありがとう……！」
　そう言って、私は先輩を追いかけた。
　どこ、行ったんだろうっ……？
　教室？　……生徒会室、かな？
　とりあえず現時点で近い生徒会室から探してみようと思い、人混みを掻き分けて走る。
　……あっ。
「せ、先輩……！」
　いた……！
　先輩の後ろ姿が見えて、名前を呼んだ。

先輩は全く振り返ろうとせず、生徒会室に入ろうとしているのか、ドアノブに手をかざしている。
　私も後を追いかけようと、全力で走っていたとき、突然腕をつかまれた。
「なぁ見ろよ、めっちゃ可愛いメイドさんいるんだけど」
　な、何っ……！
　私の手をつかんだのは、他校の制服を着た男の人。
「やっ、放してっ……」
　振り払おうともがくも、力の差が歴然で、相手はビクともしない。
　もう、やだ……っ。
「おい」
　……先輩？
「失せろ」
　背後から、相手を睨みつける先輩。
　その顔は、怒りを隠そうともせず、どす黒いオーラさえ見えた。
　相手の人は怯えたように顔を引きつらせ、走って逃げていく。
　また、助けてくれた……。
「先輩、あの……っ」
　感謝の言葉を伝えようとしたとき、今度は先輩に腕をつかまれた。
　そのまま、生徒会室へと連れ込まれ、壁に押しつけられる。

「何してんの?」
　私を見下ろしながら、冷めた目を向けてくる先輩。
　それがとても悲しくて、溢れそうな涙をぐっと堪えた。
「あ、あの……怒って、ますか……?」
「怒ってない。呆れてるだけ」
　本当に呆れきったような声色に、下唇をぎゅっと噛んだ。
「用がないなら出てって」
　ため息を吐いて、私から退いた先輩。
　生徒会室の奥へ行こうとする先輩の、背中に抱きついた。
「や、やだ……」
　行かないで……っ。
　悲しくて、堪えきれずに溢れる涙。
「なんで泣くの?　俺との約束破ったのは杏でしょ?」
　その通りだし、何も言い返す言葉がない。
　でも、そんなふうに冷たい先輩は嫌だ……。
「行かない、でっ……先輩っ……」
　すがりつくように、強く抱きついて先輩を引き止める。
　すると、先輩は再び「はぁ……」とため息を吐いて、私の腕を剥がした。
　そのまま向き合うような体勢にさせられ、先輩の両手に頬を挟まれる。
「ズルすぎ。そんなふうに泣きつけば、俺が突き放せないって、わかってやってる?」
　そう言った先輩の瞳に、先程までの冷たさはなかった。
　それに安心して、止めどなく溢れ出す涙。

「…………俺が来なかったら、どうなってたと思う?」
「ご、ごめん、なさいっ」
「だから俺、やめてって言ったでしょ? 頼むから、心配させないで」
「ごめんなさいっ……」
　謝罪の言葉を繰り返す私を、じっと見つめる先輩。
「無理。許さない」
　……っ。
「どうしたら……許してくれますかっ……?」
　甘えるような聞き方になってしまったのが情けないけれど、先輩に許してもらいたくて、私も必死だった。
　いつもの優しい声で、杏って呼んでほしい……っ。
　いったい何を要求されるんだろうと、覚悟した私の耳に届いたのは……。
「俺の気が済むまで、好きって言ってくれたら許してあげる」
　……そんな、可愛らしいお願いだった。
　そんなの……いくらだって、言うのにっ……。
「先輩、大好きっ……」
「……」
「好き……ごめん、なさいっ……」
「……。はぁ……俺も甘いよね」
　……せん、ぱい?
「あーあ、杏の可愛さに太刀打ちできない自分が嫌になる」
「な、なに言って……」

「あーもう、おいで。ぎゅーってしよっか？」
　いつもの優しい微笑みを浮かべ、両手を広げた先輩。
　私はたまらず、飛び込むように抱きついた。
　よかった……。
　このままケンカして、先輩が許してくれなかったらどうしようかと思った……っ。
　安心して、頬がだらしなく緩んでしまう。
　……あっ、そうだ。
「先輩、自分のクラスの店番は……？」
　そういえば、どうして先輩は私のクラスにいたんだろう？
「ああ、早めに終わらせてきた」
「着替えてきたんですか？」
　王子様の衣装じゃないし……。
「着てないよ、あの衣装」
「えっ……？　どうして……」
　先輩の言葉に、驚いて目を見開いた。
「だって杏、嫌だったでしょ？」
　……私？
「俺があの衣装着て接客したら、杏にヤキモチ焼かせちゃうかなぁと思って、断った」
　……っ。
「先輩……」
　気づいて、くれてたんだ……。
　私が、先輩がこれ以上モテモテになったら嫌だなって

思ってた、ことに……。
　先輩の気持ちが、泣きたくなるほど嬉しかった。
「だって俺は、杏のものだって約束したからね。杏以外の女と話すのも、めんどくさいし」
　……私のために、断ってくれていたなんて……きっと先輩かっこいいから、説得するの大変だったんだろう。
　……それなのに、私ってば……。
「ごめんなさい、私……頼まれて、断れなくて……」
　バレなかったらいいやなんて思ってこの服を着た自分に、嫌気が差した。
　先輩は、私の頬を軽くつねって、拗ねたように眉をひそめている。
「スッゲー傷ついた。俺はこんなに杏のこと大事にしてんのに」
　……私、先輩のこと傷つけちゃったんだな……。
　申し訳なくて、視線を下げる。
「嘘。もう怒ってないから、そんな顔しないで」
　……先輩……。
「でも、これからは絶対、約束破らないでよ」
「はいっ……」
　もう絶対に、先輩が悲しむことはしないっ……。
「大好き、先輩……」
　ぎゅーっと抱きついて、いつもより素直な言葉を伝える。
「その格好で言われたら、なんか変な気分になる」
「あ、そういえば服着たままでした……」

「この後、文化祭回る?」
「はいっ!」
「ん。ただし、先に着替えにいくよ。その格好で出歩かせられないし」
　先輩は、自分が着ていたブレザーを脱いで、私にかけてくれた。
「とりあえず俺のブレザー羽織って」
　先輩の温もりに包まれて、なんだか抱きしめられているような気分になる。
「えへへ……先輩の匂いがします」
　そんな言葉が口から漏れて、先輩は何やらじっと私を見つめてきた。
「……杏」
「?」
「お前もうほんと……知らないから」
　……え?
　せん、ぱい……?
　じりじりと、近づいてくる先輩。
　その瞳に隠しきれていない欲望がこもっていて、私は思わず後ずさった。
　え、ええっと……。
「せ、先輩、文化祭回るって……」
「うん、後でね」
　どうやら、文化祭を回れるのは随分後になってしまいそうです。

初めての文化祭は、恥ずかしい思い出として刻まれた。

「……もしかして、俺のため?」

「みんな、お疲れ様ぁあー!!!」
　タズちゃんの叫び声に、教室から歓声があがる。
「今日はみんなで、焼肉よぉー!!!」
「うぉぉお!!!」
　み、みんな、すごい喜んでる……。
　私たちのクラスは、無事売り上げトップを取ることができ、焼肉券を手に入れた。
　早速予約ができたらしく、今日の夜に打ち上げが行われるらしい。
　みんなすごく嬉しそうで、私も嬉しい……ふふっ。
「それじゃあ、6時に駅前集合ね!　みんなお疲れ様!」
　タズちゃんの言葉が解散の合図となり、ぞろぞろと帰っていくクラスメイトたち。
　私は教室の真ん中にいるタズちゃんに駆け寄って、声をかけた。
「タズちゃん、お疲れ様!」
「杏!　あんたが頑張ってくれたおかげよ〜!　ほんとありがとっ!　思う存分肉が食べられるわ!」
　タ、タズちゃんの笑顔が輝いてる……あはは……。
「さ、早く帰りましょ!　あたし汗かいたから、一旦お風呂に入りたいのよ」
「あ、あの……そのことなんだけど……私、打ち上げ欠席

してもいいかな……？」
「は!?」
　恐る恐る告げた言葉に、タズちゃんは大きな声をあげた。
「なんでよ!?　用事でもあるの？　杏が今日無理なら、別に日程変えても——」
「ち、違うのっ……！　打ち上げ自体に、参加するのをやめとこうかなって……」
「……まさか、あのバ会長に何か言われたんじゃ……！」
「ううん……私が決めたの」
　そう言って、視線を下げる。
　今日……私の行動で、先輩を傷つけちゃったから……。
　それに、先輩は私のために、ホールを断ったって言ってた。
　その気持ちが嬉しかったから……私も、もっと目に見えるかたちで、先輩のことを大切にしていきたい。
「先輩にたくさん心配かけちゃったから……これ以上、不安にさせたくないな……って……」
　打ち上げに行くって言ったら、きっとダメとは言わないだろうけど……先輩はヤキモチ焼きだから、本心では嫌だと思う。
「はぁ……わかったわ。全く、1番の貢献人（こうけん）が来ないなんて」
「ほ、ほんとにごめんね……」
「いいわよ。もともとあたしが無理に参加させたんだし、あとは任せなさい」
　私の肩をポンッと叩いたタズちゃんに、手を合わせる。

「タズちゃん、ありがとうっ……！」
　今度はちゃんと説得できて、よかった……！
「……。この笑顔を独り占めできるなんて、あのバ会長がうらめしいわっ……！」
「え？　えっ？」
「ちょっと、うちの杏をいじめないでくれない？」
　タズちゃんの謎の発言に首を傾げると、背後から先輩の声が聞こえた。慌てて振り返ると、そこには鞄を持った先輩の姿。
　先輩……もう終わったんだっ……！
「げっ……バ会長……」
「こんにちは、性悪 男女(おとこおんな)」
「はぁ!?　誰が性悪!?　男女ですって!?」
「た、タズちゃん、落ちついてっ……！」
　出会ってすぐに言い合いに発展しそうになり、慌ててタズちゃんをなだめた。
　先輩も、男女って……タズちゃんこんなに美人さんなのに……！
「もう終わったよね？　帰ろ」
「は、はいっ……」
　手を握られ、首を縦に振る。
「ちっ……杏、またね」
　タズちゃん……舌打ちが聞こえてるよ……あはは……。
「バ、バイバイ……！」
　タズちゃんに手を振って、先輩と教室を出た。

「はー、疲れた。杏もお疲れ様」
　教室を出て、靴箱を目指して歩く。
「杏のクラス、売り上げトップだったね。俺としては不満だけど……おめでとう」
　本当に不満そうに眉間にしわを寄せながら、「打ち上げでも行くの？」と付け足す先輩。
　ふふっ、なんだかちょっと、可愛い……。
「先輩は……？」
「俺のクラス？　あるみたいだけど、俺は行かない。めんどくさいし」
「私も……断りました」
　私の返事に、先輩はピタリと足を止めた。
　突然止まったので、先輩にぶつかってしまう。
　あ、いたたっ……。
「え？　どうして？　そういうの好きでしょ？」
　目を見開きながら私を見つめる先輩に、なんだか気恥ずかしくて目を逸らした。
「た、確かに、楽しそうだなとは思いますけど……」
　みんなで盛り上がるのは大好きだから、参加したい気持ちもある。
　でも……やっぱり先輩のほうが、大切だなぁって思うから。
「……もしかして、俺のため？」
　図星を突いてきた問いかけに、思わず目を大きく開く。
「杏はクラスのみんなより、俺のこと優先してくれるの？」

え？
　私の顔を覗き込んできた先輩の表情は、どこか嬉しそうに見えた。
　……変な質問。
「当たり前じゃないですか……？」
「……っ」
　先輩……？
「本気？」
「は、はい……」
　なぜか、今度は先輩の顔が赤く染まった。
「どうしてそんなに驚いてるんですか……？」
　クラスのみんなより先輩を優先するのは、当たり前のことじゃないのかな……？
　だって、先輩は私の……恋人だから。
「……いや……」
　そう言いかけて、黙り込んだ先輩。
　心配になって顔を覗き込むと、先輩は私を引っ張って急に歩き出した。
「早く帰ろ。ちょっと走るよ」
「えっ……？　先輩？」
　早足で歩いて、いつも車が停められている場所まで急ぐ先輩。
　私も小走りになりながら、後をついていった。

「まっすぐ家帰って」

車に乗ると、先輩は運転手さんにそう伝え、私を足の間に乗せながら座席に座った。
「……はぁ……」
　ため息ではない、何かを嚙みしめるかのような息を吐いて、私を後ろからぎゅっと抱きしめる先輩。
「先輩？　さっきからどうしたんですか……？」
　急に走り出したりして……様子が変だよ。
「……やばい、にやけが止まらない」
「にやけ……？」
「だって、俺が嫉妬するってわかって、打ち上げ行くのやめたんでしょ？」
「えっと……はい」
「その気持ちが、嬉しい」
　……先輩……。
「あと、優越感……杏に大事にされてるんだっていう」
　嬉しそうに微笑む先輩は、私の髪をいじりながら、頬を頭にすり寄せてくる。
　目に見えて喜んでいる姿に、胸がキュンッと音を鳴らした。
　よかった、今日断って……。
「……伝わりにくいかもしれないですけど……私なりに、すっごく……先輩のこと大事に思ってます……」
　こんなに喜んでくれるとは、思わなかったけど……。
「……大好き」
　もっと喜んでほしい、気持ちを伝えたいと思ったら、自

然とその言葉が溢れていた。
「嬉しすぎて言葉が出ない……無理」
「はぁ……」と、深いため息が頭上から落ちてくる。
「ほんと、日に日に杏にハマッていく自分が怖い。これ以上ないってくらい好きなのに、まだ止まらない」
　うっ……どんな殺し文句……っ。
　そんなこと言われたら、私のほうが照れてしまう……。
「ねぇ、今日泊まる？　っていうか泊まって。離れたくない」
　ダダッ子みたいにそう言う今日の先輩は、いつもよりも子供っぽくて、それが私をひどくときめかせる。
　おとなしく頷くと、「いい子」と今度は私が子供扱いされ、されるがまま頭を撫で回された。

　先輩の家について、いつものように部屋に向かう。
「杏が観たがってた映画用意したんだけど、今日はもう疲れたでしょ？　風呂入って休んで……映画は明日観よっか」
「はいっ……！」
　部屋までの道を歩きながらそんな会話を交わす。
「それじゃあ、先風呂入ってから食事にする？　そっちのほうがゆっくり――」
「おかえり悠くん!!!!」
　先輩の声を遮るように、背後から女の人の声が響いた。
　……え？
　反射的に振り返ると、そこにいたのは……。

「……は？」
　……綺麗な、人っ……。
　どちら様かはわからないけど、先輩が驚いて固まっている。
「……あら？　女の、子……？」
　対する女の人も、私を見て驚いた表情をしていた。
　こ、この人はいったい……？
　……ま、まさかっ……。
　少しの間考えて、とある結論に至る。
　もしかして、この人……先輩の、婚約者とか、じゃ……。
　こんな大きなお家だし、そういうドラマみたいな展開があってもおかしくない……！
「……なんで母さんがいんの？」
　そう思ったけれど、どうやら私の考えは間違いだったらしい。
　母さん……それってつまり……。
「もー！　ママって呼んでって言ってるのに！　悠くんったらおませさん!!」
　せ、先輩のお母さん……!?
　う、嘘っ……若すぎ……！
　20代後半くらいに見えるその女性。
　でも、よく見ると綺麗な瞳や鼻が先輩に似ていて、親子と言われても納得できた。
「……母さん、おかえり……いつ帰ったの？」

「ついさっきよ！　日本に用事があったから寄ったの!!　お父さんは帰ってこられないんだけど、悠くんに会いたくて来ちゃった!!」
「……そ」
　今にもため息を吐きそうなほど、めんどくさそうな表情の先輩。
　一方お母さんは、視線を先輩から私に移し、こちらを凝視していた。
「それより悠くん……！　この女の子は……!?」
　わっ……ど、どど、どうしようっ……！
「あ、あっ……あのっ……」
　突然のお母さんとの対面に、パニック状態に陥った。
　さ、最初の挨拶が肝心だよねっ……！
　久しぶりに帰ってきた家に知らない女が勝手に上がり込んでるなんて、ただでさえいい気はしないだろうし、せめて少しでも好印象を与えるような言葉を……。
「ああ、この子……俺の彼女」
「……せ、せせせせ、先輩っ……！」
　お、終わった……っ。
　恋人だってことは、もっと段階を踏んで伝えようと思ったのに……！
　頭の中で、チーン……と鐘の音が鳴り響いた。
　絶対に嫌われた……と諦めた私だったけれど、先輩のお母さんはなぜか、目を輝かせていた。
「まあ!!　あなたが杏ちゃん!!！」

「……え？ あ、は、はいっ……！」
　どうして、私のこと……？
「んまあ!! 想像してたよりずっと可愛い!!　初めまして、わたし悠牙の母ですっ」
「は、初めまして……！　勝手にお邪魔してすみません！　私、鈴森杏と申します……！」
　とっさに自己紹介をしたけれど、頭の上にはいくつものはてなマークが浮かんでいる。
「悠くんから話は聞いてるわぁ～！　ふふっ、こんなに可愛い女の子が来てくれるなんて、ママ嬉しいっ！」
　先輩が、私のこと……？
　い、いったいどんなふうに話したんだろう……。
「あー……悪いけど、もういい？　疲れてるから、ゆっくりしたいんだけど……」
　頭をかきながら、だるそうにそう言った先輩。
「もう！　ひどい!!　せっかく久しぶりに会えたのにっ……！」
「久しぶりって……先月も会ったでしょ。はぁ……とにかく、もう部屋戻るから。母さんももう帰るでしょ？」
「そうなの……もうすぐ出なきゃならないの、寂しいわっ……杏ちゃんにもせっかく会えたのにっ……！」
「はいはい、じゃあまたね。行こっか、杏」
　え？　いいのかな……？
　お母さん、もっと先輩と話したいんじゃ……。
　そう思ったけど、私がそんなことを言うのも違う気がし

て、おとなしく先輩についていくことにした。
「え、えっと……す、すみません……！」
　なんだか親子の再会を邪魔してしまったようでとても申し訳なくて、お母さんに頭を下げる。
「いいのよ杏ちゃん！　んもう……悠くんのバカ‼　少しくらい相手してくれてもいいのにぃ〜……お父さんに言いつけてやるんだから！」
　捨て台詞のようにそう叫んだ先輩のお母さんは、スタスタと奥へと歩いていってしまった。

「あ、あの……いいんですか？　お母さんとお話ししなくて……」
　私の手を引いて自分の部屋に入った先輩は、荷物を下ろしてため息をついた。
「いいのいいの、ほっといていいから」
「でも……私、ご迷惑なら帰りますよ……？」
「杏が迷惑なわけないでしょ。帰んないで。ここにいて」
　ぎゅっと引き寄せられ、すっぽりと抱きしめられた。
　う……そう言ってくれるなら……いてもいいのかな……？
「どうせもう母親も出ていくだろうし」
　先輩のお母さん、そんなに忙しい人なんだ……。
　そうだよね、こんな大きなお家に住んでるんだもん。
　きっと、先輩のご両親はすごい人たちなんだろうな……。

「っていうか、風呂入ってきていい？　汗かいて気持ち悪くて」
「あ、はいっ、どうぞ」
　先輩は男の人だから、後片付けも力仕事を任されたんだろう。
　ベタついて気持ち悪いのか、シャツをパタパタさせている。
「杏、先入る？」
「いえ、先輩の後で大丈夫です」
「ありがと。じゃあ着替えとか用意させとくね」
「ありがとうございますっ……！」
「暇だったらDVDとか勝手に見ていいから」
「はい！」
「いい子で待っててね」と言い残し、先輩は部屋を出て行った。
　することがなくなって、私はソファに座りながらぼうっとする。
　先輩のお家のもの全部高そうだから、DVDプレーヤーとか勝手に触るの怖いんだよね……。
　もし壊しちゃったら、弁償できない……！
　暇だなぁと思いながら、スマホを触ろうとしたとき、部屋の扉が開いた。
　……先輩？
「あれ？　先輩、何か忘れ物でも——」
「ふふっ、お邪魔しまーす」

扉の奥から現れたのは、先輩ではない声の主。
「……ひゃっ！　せ、先輩のお母さん……！」
　驚いて変な声が出た私は、慌ててソファから立ち上がった。

「運命、だったんだと思う」

　先輩のお母さん、帰ったんじゃ……！
　ど、どうしてここに……っていうか、２人きり、どうしようっ……！
　ええっと、きっと先輩に話があって来たの、かな……？
　だったら、お風呂に行ったって教えてあげなきゃ……！
　そう思ったけれど、どうやらお母さんの目的は違ったらしい。
「悠くん、今お風呂行ったでしょう？　だから、こっそり来たのっ、うふふっ」
　先輩がいないってわかってて来たってことは……。
「ねぇ、少しお話しない？」
　わ、私に、用が……！
「は、はいっ……！」
　断る訳にもいかず、何度も首を縦に振った。
　いったい、なんの話をするんだろう……っ。
　もしかして……『うちの息子と別れてください』とかっ……あ、ありえる……！
　だって、絶対に第一印象悪かっただろうし……あああっ、終わった……っ。
　頭を抱えたくなったけど、先輩のお母さんの前でそんな奇行に走るわけにもいかず、「どうぞ座りましょう？」と言われるがままソファに座る。

「わたしね、あなたのことはずっと前から知ってるのよ」
「そ、そうだったん、ですね……」
「小さい頃から、悠くんがずっとあなたの話をしていたから」

　初めて知る真実に、驚くとともに嬉しくなった。
　先輩が昔から私のことを……お母さんにまで話してくれていたんだ。
「あなたにはね……」

　そこまで言って、一旦言葉を呑み込んだお母さん。
　私は冷や汗が頬を伝い、息を呑んだ。
　こ、これは本当に……別れてくださいパターンかもしれないっ……。
　よくドラマで見る、あれだぁあ……。
　そ、そうだよね。大切な息子に、こんなわけわかんない彼女がいたら、嫌に決まって……。
「とっても感謝しているの」
「……え？」

　想定外の言葉に、私は目を見開いた。
　感謝……？
「悠くんね、あなたに会うまで、感情がないお人形さんみたいな子だったの」
　先輩、が……？
「そ、そうなんですか……？」

　私の知らない過去の先輩の話に、前のめりになってお母さんの次の言葉を待った。

お母さんは、懐かしむような、複雑な笑みを浮かべて、綺麗な唇を開く。
「わたしたち親が悪いの。引越しばかりで環境も落ちつかなくて、寂しい思いばかりさせちゃったんだと思うわ。わたしたちとも全然会話してくれなくなっちゃって……」
　そんな過去が……あったんだ。
　今の明るくて優しい先輩からは、想像もつかない。
　そ、それより、私がこんな話聞いちゃってもいいのかな……？
　先輩に、怒られないかな……。
「でも……あなたと出会ってからあの子、生き生きとするようになったの」
「……え？」
　私……？
「公園で遊んでたって話も、何度も聞いたわ。悠くんがお外での話をわたしにしてくれたのは、あなたの話が初めてなの」
　確かに、先輩……ゆうくんとは、いつも公園で遊んでた。
　というより、公園が待ち合わせ場所だった気がする……。
　でも、私がそんな……先輩の性格を変えるようなことを、した覚えはない。
「それにね……ふふっ」
　理解できていない私をよそに、お母さんは可愛らしく笑った。

「お願いしてきたの、まだ小学生のころに」
「……お願い、ですか？」
「引越しであなたと離れることになったでしょう？　引っ越した初日だったかしらね……わたしとお父さんに、話があるって言ってきて」
「……」
「悠くんね、一応跡取りだから、婚約者がいたんだけど……」

　あ……。
　その言葉に、チクリと胸が痛む。
　やっぱり、そういうドラマみたいなものが……あったんだ。
　けれど、心の中に不安が宿って、思わず胸をぎゅっと押さえた私の耳に届いたのは……。
「『好きな子ができました。お父さんとお母さんの期待に応えられるように、どんなことでも頑張るから、一緒に生きていく人は自分で選ばせてください』って……ふふっ、まだ10歳にいかないくらいの子がよ？」
　そんな、衝撃の言葉だった。
　付き合い始めた日、先輩がずっと前から私を大切に思ってくれていたことは、理解したつもりだった。
　でも……全然、違った。
　私の想像よりももっと……先輩は私のことを大切に、そして真剣に考えてくれていたことを、お母さんの話で改めて痛感したんだ。

私はそんな、先輩を変えるような大それたことはしていないつもりだけど……でも、先輩がそこまで深い愛を注いでくれていたことが、たまらなく嬉しい。
　なんだか涙が零れそうになって、それを必死に堪えた。
「すごい話でしょう？　ふふっ……でもね、わたしそのとき思ったの」
　お母さんは、そのときの光景を思い出すように、くすっと笑った。
「この子はいつから、こんなにも自分の意思を持てる子になってたんだろうって」
「……」
「この子がこんなふうに変わったのは、きっとその女の子の影響なのね、って」
　先輩……。
　この話をお母さんから聞いてしまってよかったのかわからないけど……聞けて、よかった。
　先輩を好きな気持ちが、今まで以上に大きくなったから。
　あのときのことを、はっきりと覚えていない自分が情けないくらい。
「突然こんな話してごめんなさいね。でも、お礼が言いたかったの」
　小さく頭を下げたお母さんに、慌てて首を横に振る。
「そんな……こちらこそ……」
「実はね、杏ちゃんのお母さんとは一度お電話で話させてもらったことがあるのよ。いつも写真を送ってくれていた

みたいで、そのお礼をしたくて！」

　そういえば先輩、私のお母さんから毎月私の写真もらってたとかいってたな……！

　まさかお母さん同士が会話済みだったとは……！

　ていうか、本当に私だけ何も聞かされてなかったなんて……お母さん秘密主義すぎるよっ……！

「これからも、悠くんのことよろしくね？　そして、わたしとも仲よくしてねっ……!!」

　よかった……別れてくださいとかの話じゃなくてっ……。

「は、はいっ……是非(ぜひ)……！」

　まさか受け入れてもらえるとは夢にも思わず、だらしなく頬が緩む。

　お母さんに満面の笑顔を向けると、なぜかにんまりと微笑まれた。

「うふっ、でもほんとに可愛いわ……！　悠くんがベタ惚れなのも納得っ……！　ねぇ、一緒に写真撮っていいかしら？」

「え？　あ、は、はい……！」

「ふふっ、やったっ！　お父さんに送っちゃお！」

　せ、先輩のお父さんに……？

　スマホを構えたお母さんは、自分たちのほうに向けてカメラを合わせる。

　わ、自撮り慣れしてらっしゃるっ……！

　そんなことを思ったとき、画面が突然変わり、『パパ♡』

という文字が映った。
「あら、ごめんなさい」
　どうやら、先輩のお父さんから電話があったらしい。
　お母さんは慌ててスマホを耳に当て、可愛らしい声を出す。
　それにしても……お母さん、おいくつなんだろう……。
　さすが先輩のお母さん……会ってからずっと思ってたけど、美しすぎる！
「もしもしあなた？　うふふっ、今お家にいるの！　それにね、今あの杏ちゃんと一緒にいるのよ～！」
　嬉しそうに話すお母さんに、なぜか私のほうが緊張してしまった。
「それがね、ちょーう可愛いの！　後で写真送るわねっ！」
　か、可愛くないので、ハードルを上げないでいただきたいですっ……。
「はい、はーい！　わたしも愛してるっ！　バイバイあなた！」
　なんというか……すっごくラブラブ……！
　電話だけで、仲のよさがひしひしと伝わってきた。
　電話を終えたお母さんは、スマホを耳から話し、私のほうを見る。
「お父さんも、杏ちゃんにもよろしくだって！　今度は4人でお食事でもしましょうね～」
　皇家とのお食事……す、すっごく緊張するけど、嬉しい……。

「は、はいっ……！」
　まさかこんなに歓迎してもらえるとは思わなくて、嬉しさのあまり視界がじわりと滲んだ。
　ほんとによかった……一時はどうなることかと思ったもん……。
　お母さんにバレないように涙を拭いたとき、部屋の扉がバタンと開く。
　タオルを首に巻いた先輩は、入ってくるなりぎょっと目を見開いた。
「杏、お待たせ……って、何してんの？」
「あら悠くん！　おかえりっ」
「……いや、おかえりじゃなくて……」
「ちょーっと２人で話してただけよっ！」
　お母さんは語尾にハートマークがつきそうな口調でそう言って、先輩にウインクを飛ばした。
　目を細めてお母さんを見ている先輩は、心底嫌そうにしている。
「それじゃあ、もう本当に帰るわね！　バイバイ悠くん愛してるわ〜！」
「杏ちゃんもまたねっ！」と、お母さんは私たちに手を振って、颯爽と部屋を出て行った。
　あ、嵐のような人だった……。
「……はぁ、なんかさらに疲れた……」
「あはは……元気なお母さんですね」
　私の隣に力が抜けたようにドスッと座った先輩。

苦笑いを向けると、先輩がじっと私を見つめてきた。
「っていうか、何話してたの？」
　──ギ、ギクッ。
「え、えっと……」
　どうしよう……これ、言ってもいいのかな……。
「先輩の、昔の話を……」
　恐る恐るそう告げると、先輩はあからさまに怪訝な顔をした。
「俺の？　……なんか嫌な予感。何聞いたか知らないけど、忘れて」
　……ふふっ。
　忘れるなんて、無理です。
「……えへへっ……忘れません」
　だって……とっても、嬉しかったから……。
　だらしなく頬を緩める私を見て、先輩は眉間にしわを寄せた。
「……ほんとに何聞いたの？　……最悪」
「ふふっ……秘密ですっ」
「……生意気。……話せ」
「きゃっ、あははっ……先ぱっ、だ、だめ……やめっ……ははっ」
　強行手段に出た先輩は、私のお腹をくすぐってきた。
　む、無理っ……！　お、お腹はほんとにだめ……！
　私、くすぐりに弱いんだもんっ……！
「はっ、はぁっ……もう、だめですっ……」

本気で抵抗する私がおかしかったのか、先輩は声を出して笑った。
　むっ……そうやって人をいじって楽しむんだから……！
「もう、ひどいです……！」
「杏が俺に隠しごとするからでしょ？」
　先輩は楽しそうに笑みを浮かべながら、私の頭をくしゃっと撫でた。
　優しい瞳に、私だけが映る。
　……先輩はこうして、ずっと私を思ってくれていたんだろうか。
　そういえば、出会ってからずっと……先輩は優しかった。
　意地悪なところもたくさんあるけど、いつも私の意見を優先して聞いてくれたし、私の喜ぶことばかりしてくれた。
　今日だって……私のことを第一に考えて行動くれたり……。
　私が怒らせるようなことをしても、なんだかんだ最後は……助けてくれるんだ。
「……先輩」
　胸の奥から、愛しいという気持ちが湧き上がってくるみたい。
　先輩に触れたくて、腕にぎゅっと抱きついた。
「昔のこと……忘れてて、ごめんなさい……」
　口から零れたのは、そんな言葉。
　私はいつも、先輩からもらってばっかりで……傷つけてばっかりで、ごめんなさい。

今日もあんなことをして……ほんと、全然いい彼女じゃない。
「そのことについてはいいって。杏は小1とかだったから、仕方ないしね」
　それなのに……先輩はどうして、こんな私ごと受け止めてくれるんだろう。
　先輩との出会いを覚えていないことが、今はとっても申し訳ない……。
「杏、そんな顔しないで。」
「先輩……」
「別に杏が覚えてなくても、俺が覚えてるからいいよ」
　ダメなところばかりのこんな私を好きでい続けてくれるのは、この先、先輩以外は現れない気がする。
　でも……お母さんの話を聞いても、納得できなかったことが1つだけあった。
「先輩って、私の何を、そんなに好きになってくれたんですか……？」
　先輩がこれでもかってくらい愛してくれているのはわかっているけど、私のどこに、そんな魅力があるんだろう？
　自分で言って悲しくなるけど、1つも見つからない。
「んー……説明できないかな。なんていうか……」
　先輩は、悩むような仕草をしてから、ゆっくりと口を開いた。
「杏との出会いは衝撃的で……運命、だったんだと思う」
　……う、運命。

理論的な先輩からそんな言葉が出てくるとは思っていなくて、ロマンチックな言葉に顔が赤くなった。
　それは、先輩も一緒だったらしい。
「……あー、無理。こういう柄(がら)じゃない」
　恥ずかしくなったのか、ほんのりと頬が赤くなっている。
　お互いに恥ずかしくなって、少しの間気まずい沈黙が流れた。
　……でも、なんだか……素敵。
　運命だって……ふふっ。
　私も、今ならそう思える。
　先輩と出会ったのは、きっと偶然ではなく——運命だったんだって。
「っていうか本気で母親から何聞いたの？　正直に言って」
　気まずい沈黙を破ったのは、先輩のそんな言葉だった。
「……ふふっ、秘密です」
「…………絶対吐かせてやるから」
　その後、くすぐりというという拷問(ごうもん)にあった私は、あっけなく口を滑らせてしまったのだった。

「……その顔ダメだって。理性きかなくなるから」

　　プルルルルッ。
「はい、もしもし」
『杏？　俺』
「先輩っ……！」
『大学、合格したよ』
　電話越しに聞こえた言葉に、私は安堵のあまり心臓が飛び出そうになった。
　よ、よかったぁ……！
「おめでとうございます！」
『ありがと。今から杏の家行っていい？』
「はいっ！」
『迎えに行くから、今日俺の家泊まってよ。久しぶりにゆっくりしよ』
「……は、はいっ……」
　お、泊まり……。
　その言葉に、ドキリとした。

「お、お邪魔します」
「どうしたの、改まって？」
　先輩の部屋へ入って、2人でソファに座る。
「杏、おいで。久しぶりに抱きしめさせて」
　そんなことを言ってくる先輩だけど、3日前も、急に私

の家に来て抱きしめてきましたよね……？

　喉まで出かかった言葉を呑み込み、おとなしく先輩に抱きしめられた。

　ゆっくり２人で過ごせるのは、本当に久しぶりだったから。

　２月の中旬。

　最近、先輩は大学受験で忙しく、デートも控えていた。

　今日からは、また毎日会えるのかなと思うと、嬉しくて頬が緩む。

　でも、同時に寂しさもあった。

　先輩は、もう卒業するんだ。

　今みたいに、いつも近くにいることはできないし、大学生と高校生という壁ができる。

　それが、不安でたまらなかった。

　先輩はかっこいいから、きっと大学に行っても、モテるんだろうな……。

　私よりも綺麗な人なんて、この世に山ほどいるから、先輩の目が眩んでも、おかしくないかもしれない。

　最近、一緒にいる時間が少なくなっていたのもあり、そんなことばかり考えてしまって、どうしようもなかった。

「合格、ほんとにおめでとうございますっ」

「ありがと」

「すごいです、あんな偏差値の高い大学に合格するなんて……」

「ま、勉強だけできたらいいやって思って選んだからさ。

大学生活とか、興味ないし。早く卒業して、杏のこと養えるように頑張るよ」
　普通なら嬉しい言葉のはずが、今は素直に喜べなかった。
「俺が大学卒業したら、結婚しようね？　杏は仕事とかしちゃダメだよ。絶対させないから」
「そんな、先のことっ……」
「もう決定事項だから。杏は俺と結婚して、専業主婦になんの」
　……ほんと、に？
　そんなの、信じていいの？
「勝手に決めないでくださいっ……」
　私は、素直に"はい"って言える自信がないよ……。
「何？　働きたいの？」
　何を勘違いしているのか、後ろから私を抱きしめる先輩の腕に、少しだけ力が込められた。
「でも、だーめ。ちゃんと俺が仕事頑張るから。もし変な職場とか当たったら悪い誘惑がありすぎて杏には危険すぎる」
　ズキリ、と、胸が痛む。
　それは、私だって、思ってて……。
「結婚、とか、仕事、とか……」
「何？」
「そんな先の話したって……わからないですよ……」
　先輩が心変わりしない確信なんて、ないもん……。
　信じていないわけじゃないけれど、最近私の頭を支配し

ていた不安が、溢れ出してしまった。
「……それ、どういう意味で言ってんの?」
　先輩の、不機嫌そうな声が、部屋に響く。
「なぁ杏。俺逃がさないって言ったよね?　意味わかってる?　あ、もしかして冗談とか思ってるの?　大マジだから。杏は一生、俺から逃げられないの」
　熱い瞳で見つめてくる先輩から、目を逸らせない。
　その目は真剣そのものでごくりと息を呑む。
「そうじゃ……なくて……」
「ん?　どうしたの?」
　優しく聞き返してくれる先輩に、自然と唇が開いていく。
「……せ、先輩が……いつ私に飽きちゃうか……わからないじゃないですかっ……」
　溢れた声は、情けなく震えていた。
　空いている手で、先輩の服をぎゅっとつかむ。
　今にも溢れそうな涙が、視界を滲ませた。
「あー……、何?　そんなうるうるした目で見つめちゃって、俺がいなくなんの想像しただけで泣いちゃってるの……?」
「……っ……」
「否定しないんだ。……はっ、何それ。杏、可愛いのも大概(たいがい)にしろって。これ以上、俺を夢中にさせてどうする気なの?」
　余裕なさげに、掠れた声でそう言った先輩。
　そのまま強引に唇を奪われて、私は必死にそれに応えた。

「杏って、なんでそんな可愛いの？ こういうときに素直に甘えてくるのもほんと反則。俺が杏に飽きるなんて、ほんとに思ってんの？」
「……だって……先輩、すっごくかっこいいんだもん。大学行ったら、綺麗な女の人とも、出会うだろうし……」
「……あのさ、急に敬語じゃなくなんのも、相当心臓に悪いから。あー、くそ可愛い。そんなこと心配してたなんて、杏はほんと可愛い」

　すっ……と溢れた私の涙を、あろうことか先輩は、ぺろりと舐め取ってきた。

　……っ！

「こんなにメロメロなのに、飽きるわけないでしょ？ むしろ毎日メロメロになっていってんのに」

　ほ、ほんとに……？

「こんなに愛されてんのに、不安？ 俺の愛が伝わってない？」

　優しく尋ねられて、首を左右に振った。

　先輩が私を大事にしてくれてるのは、痛いほどわかってる。

「じゃあどこら辺が不安？ 全部言って。安心させてあげるから」

　私の頭を優しく撫でる先輩に、ポロポロと溢れる涙が止まらない。

「わからないです……不満なんて何もないけど、先のことはわからないから、もし先輩がって考え出したら……どう

しようもなくって……」
　最近、本当にそればっかり……自分が嫌になるくらい。
　卒業したら、先輩が遠くに行っちゃいそうで……寂しい。
「杏……」
「ごめん、なさいっ……こんな、めんどくさいことばっかり言って……」
「何がめんどくさいんだよ。俺が喜んでるの、わかるでしょ？　何？　杏ってそんなに俺が好きなんだ？　こんなに泣いちゃうくらい」
　親指で私の涙を拭って、先輩は興奮したように呻き声にも似た声を発した。
「あー……たまんない。ほら、こっち向いて、杏」
　言われるがままに先輩を見つめると、さっきよりも深い口づけが私を襲った。
「ちゃんと息して……そう、いい子」
　満足げな先輩は、ゆっくりと唇を離すと、私の頬を優しく撫でてくれる。
「ねぇ杏……俺は絶対いなくならない。杏以外を好きになったりしない。大学生になっても、なんも変わらないよ」
　ああ、言葉にされるのって、こんなにも安心できるんだ。
「俺、杏さえいれば生きていけるから。なーんもいらない。でも杏だけは、何がなんでも放さない」
　先輩の言葉１つ１つが、私の心臓を貫いた。
　愛しさが溢れ出して、甘えるように見つめてみる。
「多分、俺がどれだけ杏を好きかわかったら……お前引く

よ?」
　先輩は私の視線に応えるようにキスをくれて、胸がキュンッと音を鳴らした。
「杏は繊細だから、先のこととか考えて不安になるんだよね。そういうところもたまんないくらい好き。全部可愛い」
「……っ」
「俺の気持ち……ちょっとは伝わった?」
　返事をする代わりに、首を縦に振る。
　先輩は満足げに微笑んで、再び唇を近づけてくる。
「よかった……、ん」
　頬や額、顔中にキスをされて、くすぐったい反面、愛されてるんだなと実感した。
　不安になることなんて、1つも、なかったんだ……っ。
「これからも、不安なことがあったらいつでも言って。直接でもメールでも電話でも。いつだってどこにいたって、すぐに言っておいで。そのたびに、俺がどれだけ杏が愛しいか全身で伝えてあげる」
　だって、先輩はこんなにも、まっすぐに愛を注いでくれる。
「せん、ぱいっ……」
　甘えるように見つめると、視線を逸らしてくる先輩。
「……その顔ダメだって。理性きかなくなるから」
「理性……?」
「押し倒してめちゃくちゃにしたくなるって言ってんの」
……っ。

LEVEL. MAX －独占－ >> 311

「いい、ですよ……？」
「……は？」
「だ、だって、泊まりって……言うから……か、覚悟して、きましたっ……」

　明日、先輩と付き合い始めて、ちょうど8ヶ月になる。
　私たちは……まだ、そういうことをしたことは、なかった。
　先輩が我慢してくれているのも知っていたし、単純に、私が怖がっていたんだ。
　だ、だって、初めては痛いって、聞くし……。
　でも、もう平気。
　先輩が不安を拭ってくれたから、今度は……私が、先輩に応えたい。
　私の返事が予想外だったのか、先輩は目を見開いてこちらを見ている。
「本当に、いいの？」
　確認を求める言葉に、頷いて返した。
　もう、心の準備は、できたから……。
　私ももっと、先輩との証が、欲しい。
「止めるなら、今のうちだけど。理性あるうちに、ちゃんとダメならダメって言って」
「ダメじゃ、ないですっ……」
「…………もう、無理」
　性急に押し倒され、唇を塞がれた。
　先輩はそのまま私を抱え上げ、ベッドへと移動する。

「ま、待って……！」
「待たない」
　違う、その……っ。
「あ、あの、私初めてで……っ。先輩と違って、わからないこと、だらけなので……」
　できれば、優しくしてもらいたい……っ。
「俺と違うってどういうこと？」
　まるで何を言ってるんだとでも言いたげな先輩の瞳に、首を傾げる。
「え……？　だって先輩、経験とか、豊富そうだし……」
「なに言ってんの。俺、杏以外とキスもしたことないけど」
　……へ？
「……う、嘘」
　先輩、が……？
　た、確かに、タズちゃんが女の噂がないって言っていたし、先輩もずっと私が好きだったと言ってはくれていたけど……。
「ほんとだって。ていうか、杏以外と付き合ったことないし。他の女と遊ぶ気すら起きなかった」
「本当に、ほんとですか……？」
「うん。俺、杏しか好きになったことないって、何度も言ったでしょ？」
　そう、だったんだ……。
　…………そ、そっか。
　先輩も、私が初めて、なんだ……。

「う、れしい、ですっ……」
　どうしよう、頬が緩んじゃうっ……。
「えへへ……一緒ですね」
　衝撃(しょうげき)の事実に、喜びを隠せない。
　先輩って、ほんとにずっと、私のこと想っててくれたんだ……。
　こんなにかっこよくて、優しくて……たまに意地悪だけど、素敵な人が……私のことだけ、見てくれてるんだ。
　ふと、幸せだなぁと感じた。
　先輩にも、私と一緒にいて、幸せだと思ってもらいたいな……。
「なぁ、杏」
　切羽詰まったような、先輩の声色。
「杏と付き合い始めてから、俺がどれだけ我慢してきたか、わかってる？　頼むからあんまり煽らないで、優しくしたいから」
　あ、煽る……？　よく、わからないけど……。
「先輩になら、何されてもいいです……」
　大好きな先輩になら、なんだって……。
「だから……そういうの……」
　よく見ると、先輩の顔が赤くなっていた。
「そんなこと言えなくなるくらい、俺の愛を思い知ればいいよ」
　もしかして、先輩も余裕、ないのかな……？
　そうだとしたら、嬉しいっ……。

熱い眼差しで見つめられ、そっと目をつむった。
　　優しいキスが降ってきて、これからのことを覚悟する。
　　ずっとずっと、先輩と一緒にいたい……。
　　もっと、愛し合いたいよ……っ。
「俺の頭の中、杏のことしかないから。早く……杏も俺でいっぱいになって。俺に溺れて……」
　　先輩はそう言って、そっと私の身体に触れてきた。
　　先輩は、なんにもわかってない。
　　私だってもう……とっくに先輩に、溺れてるんだ。
　　最初は、こんな意地悪な人、絶対好きにならないって思ってた。
　　強引で、悪魔みたいで、誰が好きになるもんですかって、思ってたのに……。
　　今はもう、先輩なしじゃ、ダメなくらいで……。
「愛してる」
　　耳元で囁かれた言葉は、熱くて、甘くて……。
　　愛の深さを、伝えてくれるような台詞。
「一生、俺に捕まっててね」
　　その言葉が愛しく感じてしまう私はもう、先輩の虜。

　　溺死レベルの愛を、ずっと私だけに注いでくださいね……。

【END】

☆
 ☆
☆ ☆

【番外編】

約束のキス 【side悠牙】

　俺はとにかく、感情のない子供だった。
　人付き合いが嫌いで、何にも興味を示さない。
　欲しいものなんて何もなかったし、ましてや好きなものなんて、1つもなかったんだ。
　あの日――杏に出会うまでは。

　親の転勤で、昔は各地を転々としていた。
　引越しても、1年もせずすぐにまた別の町へ。
　親しい人ができても、すぐに別れはやって来る。
　次第に友人を作ることも面倒になって、俺は周りとの関係を拒んだ。

　あれは、小学3年生のとき。
　もう何度目になるかはわからない引越しに、飽き飽きしていた。
　今回もどうせすぐにこの地を離れることになる。
　だったら、思い出なんて作らないほうがいいし、愛着なんて持つだけ無駄。
「今日は転校生を紹介します。皇悠牙くんです」
　担任の台詞に、クラスがざわつく。
　好奇の視線が俺に集中し、それがたまらなく鬱陶しかった。

俺は挨拶もせずに、空いている席へとつく。
「なんだこいつ……偉そうじゃね？」
「転校生のくせに、イキッてんじゃねーぞ！」
　……うるさい。
　別にイキッてないし、偉そうにもしてない。
　ただ、お前たちと関わりたくないだけ。
　案の定というか、その学校では、クラスメイトから嫌われた。
　基本的になんでもこなせるのも、男からの嫉妬を買うらしい。
　つまらない。毎日が。
　小学３年生にして、人生に飽き飽きしていた。

　転校してから半月が経ったある日。俺は放課後遠回りして帰った。
　家に帰っても誰もいないし、どこか遠くに行きたい気分だったんだ。
　その日遠回りした自分に、俺は一生感謝し続けるだろう。
　普段は通らない道を進んでいると、見知らぬ公園に出た。
　誰もいない……ここで、ちょっとぼうっとして帰ろう。
　こじんまりとした、古びた公園。
　ベンチに座って空を眺めた。
　眩しい夕焼けによってオレンジに染められた空を見ても、とくに何も思わない。
　ただただ、虚しいだけ。

なんていうんだろうか、この気持ちは。
　　勉強は得意でも、そういったことはわからなかった。
　　……なんか、帰るのだるい。
　　もうずっとこのまま、ぼうっとしてたいや……。
「あっ……誰かいる！」
　　背後で、ソプラノの声が響いた。
　　なんだ……？
　　ゆっくりと振り返ると、そこにいたのは、1人の少女。
　　一瞬、自分の目を疑った。
　　その子は、人形のような、綺麗な容姿をしていたから。
　　俺は自分の見た目に自信はあるほうだし、俺の家族も、そろいもそろって整った顔立ちをしている。
　　だから、綺麗なヤツは見慣れているけど……この少女は、思わず見惚れてしまうほど、全てが可愛らしかった。
　　少女は、笑顔を浮かべながら、俺のもとへと駆け寄ってくる。
　　そして、当たり前のように、俺の隣に座った。
「ここの景色、綺麗でしょうっ？　杏、大好きなの」
　　……なんだ、この子。
　　急に話しかけてきて……。
　　人と話すのは好きじゃない。
　　でも、なぜか悪い気はしなかった。
「ここで深呼吸するとね、落ち着くんだよ」
「……へぇ」
　　無視するのも気が引けて、それだけの返事をする。

その後、俺たちは無口になった。
　初めて会った２人が黙って夕日を見るという、異様な光景。
　その静かさが、とても心地よかった。
　そろそろ……日も沈むな。
「お兄ちゃん、元気出た？」
「は？」
　急に話し始めたと思ったら、何を言い出すんだろう。
「だって……悲しそうな顔してたから」
　悲しそうな、顔？
　俺が？
　意味がわからなかった。
　っていうか、こいつ俺より年下だよな……？
　なに言ってんだろ、ほんとに。
　でも……気になった。
「なんで？」
「え？」
「そう思ったの？」
　俺が悲しそうに見えた、わけが……。
「思ったんじゃなくて、見えたのっ。お兄ちゃんの背中、とっても寂しそうだった」
　……寂しい。
　その言葉に、はっとした。
　否定するつもりは少しもなく、むしろ──。
　──俺は寂しかったのかと、すんなり認める自分がいた。

この感情の名前は、寂しい、だったのか。
　　なんだ……俺にもちゃんと、感情があったんだ。
「杏もここにいるから、元気出してお兄ちゃん……」
　　心配したような瞳で俺を見つめてくる、杏という女の子。
「変なヤツ」
　　どうしてこの子が、こんな顔するんだろう。
　　まるで、自分も辛そうな顔……俺の周りには、いなかったタイプの人間だ。
「まだ、寂しい？」
　　俺の顔色をうかがいながら、恐る恐るそう聞いてくる少女……杏。
　　杏の顔を見ながら、俺は自然と笑っていた。
「元気だから、そんな顔しないでいいよ」
　　よくわかんないけど、今はさっきのような、感情はない。
　　むしろ、また言葉にできない気持ちが湧き上がってきた。
　　これはなんていうんだろう。1つだけわかるのは、悲しいとか、寂しいとか、マイナスな感情ではない。
　　俺の返事に、杏はにっこりと微笑んだ。
「ほんとに？　よかったっ……！」
　　その笑顔が可愛くて、ドキッとする。
　　って、俺は年下の少女相手に、何を思ってるんだろう。
　　多分、1年生くらいだろうし……。
「なんでお前はここにいるの？」
　　杏のことが気になって、そう聞く。
「え？　杏は帰り道だよっ」

「この辺りに住んでるの？」
「うんっ、お兄ちゃんは？　もしかして、近所に引越してきたの……!?」
「え……俺は……」
　近所ではない……というかむしろ、随分遠回りしてきたから、帰るのに1時間近くかかるだろう。
「もしそうなら、また公園で会える……？　暇なときは、杏と遊んでくれるっ……？」
　否定するよりも先に、そう尋ねられてしまった。
　キラキラとした瞳で見つめられ、言葉を詰まらせる。
　ここで『違う』と言ったら、もう杏に会えなくなる気がした。
「……うん、いいよ」
　とっさについた嘘。
　これっきりは嫌だ。また……この子に、会いたい。
「ほんとにっ……？　やったぁ！」
　嬉しそうに微笑む杏に、俺も笑顔になる。こんなふうに笑ったのは、いつぶりだろう。
「この辺りはね、お友達が住んでいないから、お休みの日は1人だったの。お兄ちゃんがいてくれるなら、楽しいなぁ……！」
　俺も。なんかわからないけど、お前といるのは、楽しいかもしれない。
　そう口にするのはさすがに恥ずかしくて、心の中にとどめておく。

「お兄ちゃんの家はどこ?」
 ドキリとしたが、適当な方向を指さす。
「……あそこらへん」
 杏は本当に信じそうだから、嘘をつくのはなんか、罪悪感があるな……。
「へぇ……! 杏はね、あっち!」
「そろそろ帰ったほうがいいんじゃない?」
「あっ……本当だ、もう暗くなってきた……!」
「家まで送ってあげる」
「え? いいの?」
「うん、行こ」
「ありがとうお兄ちゃん……!」
「お兄ちゃんじゃなくて、悠牙でいいよ」
「ゆう、が……? じゃあ、ゆうくん!」
「うん、それでもいいよ」
 この日から、放課後この公園に寄るのが、俺の日課になった。

 杏と会うようになって、2ヶ月ほどが経った日。
 その日は、学校でリレーの選手決めがあった。
 どうでもよかったから、適当に走ったけれど、どうやらタイムは一番だったらしい。
 それに、クラスのガキ大将的男がキレた。
 俺が来るまではそいつがリレーの選手に選ばれていたらしく、乗り気ではない俺が選ばれたことが、許せなかっ

らしい。
　放課後、帰ろうとしたら、そいつが率いるグループに引き止められた。
「おい、待てよ」
「……」
　今日は杏に会う日だから、早く帰りたい。
　無視して通り過ぎようとしたら、突き飛ばされて壁に叩きつけられた。
「……何？」
　受け身を取ったから、別に痛くない。
「お前、鬱陶しいんだよ」
「よそ者のくせに、調子乗ってんじゃねーぞ」
　……。
「それだけ？　俺、もう帰るから」
　お前らに構ってる暇、ないし。
　そんな時間があるなら、杏と過ごしたい。
「お前……バカにしてんじゃねーぞ‼」
　どうやら俺の言葉がムカついたらしく、その後は、もうめちゃくちゃだった。
　5人がかりで俺につかみかかってきたヤツら。
　人数が人数だったから、最初はやられっぱなしだったけど、さすがに腹が立ち、全員立てなくなるまでやり返してやった。
　さすがに騒ぎを聞きつけた担任がやってきて、事情を聞かれたが、俺は無視して急いで帰った。

杏との、約束があるんだ。
　　　杏が俺のこと——待ってるんだ。

「はぁ、はっ……」
　　急いで、いつもの公園に走る。
　　ケガをしていることも忘れて、急いで向かった。
　　公園に着くと、ベンチに座る杏の姿。
　　自然と、笑顔が溢れた。
「杏」
「あっ、ゆうく……っ!?　どうしたの、そのケガ……!?」
「ん？　大したことないよ。それより、遅れてごめんね」
「いいの、それより足、血が出てる……！」
　　血？　……あ、本当だ。
　　でも、痛くはないし、放っておけば治るだろう。
「……杏？」
　　そう思ったけど、俺は目の前の杏の姿に、目を見開いた。
　　泣いてるの……？
「どうしたの？　何か嫌なことでもあった？」
「だ、だって……ゆうくん、痛そうっ……」
　　……俺が、痛そう。
「……」
　　どういうこと？
　　俺が痛そうに見えて、なんで杏が泣くの？
　　……俺のために、泣いてんの？
　　……。う、わ。なんだこれ。

……可愛い、ていうか……なんだろう、なんていうんだ。
　　この……満たされるような気持ち。
「杏、泣かないで。俺、全然痛くないから」
「う、ぅっ……でも、杏は痛いもん〜……」
　　わんわん泣く杏に、思わず笑ってしまった。
　　ああ……ダメだ、可愛い。
　　俺のために泣くなんて、バカな子。
「よしよし、大丈夫だから。ね？」
　　どうして俺が慰めてるんだろう……変なの。
　　でも、頬が緩んで、仕方なかった。
　　今すぐ抱きしめて、大切に大切に、守ってあげたくなった。
「ゆ、ゆうくん……あそこの水道で、ちゃんと洗わなきゃっ……ばいきん入っちゃう……」
「うん、わかったよ」
「杏、絆創膏持ってるから……ちゃんと、お手当てしないとっ……」

　　結局、俺の傷は杏が手当してくれて、俺の傷口に可愛らしい絆創膏が貼られた。
　　普通なら恥ずかしいんだけれど、俺はとても満たされた気持ちで、自慢げにそれを貼って家に帰った。
　　その日、なぜか家が騒がしく、珍しいことに母親が帰ってきていた。
「悠っ……！」

「うわ……母さん、なんでいるの?」

　帰るなり抱きしめられ、不思議に思いながらもそれを受け入れる。

　暑苦しいけど、もうこれはこの人の癖みたいなものだから。

　でも、今日はどうやら違ったらしい。

「さっき……学校から連絡があったのよっ……悠がクラスの男の子から、いじめられてるって……」

「……は?」

　いじめ……?

「いやいや、ちょっとケンカしただけだから……」

「でも……5人がかりでケガさせられたって聞いたわ!ほら、傷だらけじゃない……!」

　至る所に貼られた絆創膏を見て、母親は顔を真っ青にさせた。

「本当に大丈夫だって。俺やり返したし。担任が騒いだだけだから」

「……本当に?」

「うん」

「でも……やっぱり複数でなんて、お母さん怖いわ。今日お父さんも帰ってくるの……お父さん、ちゃんと警察にも届けるって言ってたから、お母さんとお父さんが、悠くんのこと守るからね……」

　警察って……嘘でしょ。

　仕事仕事で基本放任主義のくせに、ほんと大げさなんだ

よ……。

　その後、担任を交えた関係生徒の保護者間の話し合いでは収拾がつかず、裁判沙汰にされそうになった。
　俺が必死に止めてそれは防げたが、あんな学校にいさせられないと、俺はまた引越すことになった。
　両親の仕事の関係もあり、離れた県へと。
　杏と……離れることに、なるのか。
　引越しの前日。
　重たい足取りで、公園に向かう。
「あ……ゆうくん‼」
　いつものように杏はベンチに座って、俺を待っていた。
　約束したわけじゃない。でもそれが、いつの間にか俺たちの日課になってた。
　引越すこと……言わなきゃ。
「今日は何して遊ぶ？？」
　キラキラとした瞳で俺を見つめる杏に、胸が痛くなった。
　ああ……これ、『寂しい』だ。
　杏と会えなくなることが、寂しい。
　やっぱり……仲良くなるのは、間違いだったかもしれない。
　別れがくることは、わかってたのに。
「杏……あのね、話があるんだ」
「え？」
「俺、もうここには来られない」

「どう、して?」
「引越すことになったんだ。遠くに」
　もしかしたら、泣くんじゃないかと思った。
　杏は泣き虫で、寂しがりやだから。
　でも……。
「また会えるかな?」
「……え?」
「ゆうくんと、杏っ……」
　杏はそう言って、ぎこちない笑顔を浮かべた。
　笑ってる……?
　いや、違う。
「杏、ゆうくんのこと大好きだもん……会えなくなるのは寂しいけど、仕方ないから……我慢するっ」
　今にも泣きそうなのに、必死に涙を堪えてるんだ。
　……ほんと、可愛いな。
　明るくて、優しくて、おてんばで……俺の気持ちに敏感で……杏と一緒にいると、俺が俺でいられる。
　こんなふうに温かい気持ちを教えてくれたのも……誰かを好きだと思うのも、杏が初めて。
　ねぇ、杏。
　俺も、杏のことが、大好きだよ。
「約束、するよ」
「……?」
　これっきりなんてごめんだ。
　俺が初めて、欲しいと思ったものなんだから。

引越しするからって、遠くに行くからってなんだ。
　離れたくらいで……この気持ちは、消えたりしない。
　俺はそう誓えるくらいの覚悟がある。
「杏……大きくなったら迎えに行くからね」
　絶対に、もう一度杏のもとへ戻ってきて──そのときはもう、離れない。
　絶対に、放さないから。
「ほ、ほんとに……？」
「うん。俺のこと、待ってて」
「やったぁ……！　ゆうくん大好き！　杏、大きくなったらゆうくんのお嫁さんになる！」
「ふふっ、うん。約束しよっか？」
　俺はそう言って、
　杏の頬に──触れるだけの、キスをした。

「ん……」
　目が覚めて、視界が広がる。
　目の前に杏の可愛い寝顔があって、思わず口元が緩んだ。
　ああ……２人で部屋で映画見て、そのまま寝ちゃってたのか……。

　それにしても……懐かしい夢、見たな……。

　あの日から、杏と再会することだけを夢見て生きてきた気がする。

子供の口約束だろうと思われても、俺にとってはそれほど大切な女の子だった。
　俺を孤独(こどく)から……あっという間に引き上げてくれた、可愛い可愛い女の子。
　中学に入って、異様なくらいモテ始めたけど、俺の気持ちは少しも揺れなかった。
　本当に、真剣に……杏のことが、好きだったから。
　多分もう、俺は杏しか好きになれないんだと思う。
　俺をこうさせたのは、紛(まぎ)れもなく杏なんだから……。
「ちゃんと最後まで、責任取ってね」
　眠っている杏にそう囁いて、俺はその柔らかい頬に、触れるだけのキスをした。

【END】

「杏が欲しいんだけど、ダメ？」

　寒さが和らぐ、3月の初旬。
　今日、先輩が高校を卒業した。

「先輩、ご卒業おめでとうございますっ……！」
　卒業式が終わって、今は私の家にいる。
　お父さんもお母さんも仕事でいないから、2人きり。
　いつも私のことを祝ってくれる先輩に、私も何かお返しをしたいと、今日はいろいろと用意したんだ。
「ありがと、杏」
　嬉しそうに微笑む先輩に、胸の奥が温かくなる。
　それにしても……。
「私の部屋、狭くてごめんなさい……」
　お父さんとお母さんに申し訳ないけれど、謝らずにはいられない。
　先輩、自分の部屋の大きさに慣れてるだろうから、この部屋は窮屈だろうなっ……。
「狭くないよ。それに、杏の匂いがするから落ちつく」
「な、なんですかそれっ……」
「んー、なんていうんだろ。太陽みたいな……でも、甘い匂い」
　太陽……？　あ、甘い……？
　首を傾げた私に、先輩は顔を近づけてくる。

「俺が大好きな匂い……」
　首筋に顔を埋められ、耳元で囁かれた。
　……っ！
「せ、先輩っ、ケーキ食べましょうっ……！」
　せ、先輩の声、変に色っぽいから……し、心臓に悪いっ……！
　慌てて離れた私に、ニヤニヤと口角を上げる先輩。
「ふっ、はーい」
　なんだか照れているのがバレているみたいで恥ずかしいけど……。
　ケーキを切り分け、先輩にお皿を渡す。
「これ、杏が作ったの？」
「はいっ……お口に合うかわからないんですけど……」
　やっぱりお祝いごとにはケーキだろうなと思って、昨日作ったんだ。
　先輩は甘いものが苦手だから、コーヒーマーブルのシフォンケーキにして、クリームもビターにしてみた。
　フォークを刺し、ケーキを口に運ぶ先輩をじっと見つめる。
　……一応お母さんとお父さんに味見もしてもらったけど……ど、どうだろうっ……。
「……！　うん、すごい美味しい」
「ほ、ほんとですかっ……!?」
「うん、よく俺の好みわかったね」
　嬉しそうにそう言って、空いたほうの手で頭を撫でられ

た。
　よかった……。
「……でも、正直卒業するのは嫌だな」
　……え？
「そうなんですか……？」
　先輩の本音に、首を傾げた。
「うん。杏とのスクールライフが終わっちゃったじゃん」
　あっ……そ、そう思ってくれるのは、嬉しいかもしれない……。
「それに、あと２年もあんな高校に杏を１人で通わせるの、心配……」
　先輩のその発言に、私はあることを思い出した。
　そして、顔がカァッと熱くなる。
　そ、そうだ……さっきの"あれ"……！

　あれは、卒業式の最中だった。
「卒業生代表――皇悠牙」
　元生徒会長で成績も首席をキープしていた先輩は、当たり前のように代表に選ばれ、卒業生代表の挨拶をすることに。
　演壇に上がった先輩に、その場にいる人たちの視線が集まる。
　先輩の美貌(びぼう)に、みんな息を呑んでいた。
　なんだかこうして見ると……別世界の人みたい。
　こんなにかっこいい人が私の彼氏なんて……まだ夢みた

いだなぁ……。
　答辞を読みあげる先輩をじっと見つめながら、そんなことを思った。
「こうして無事卒業を迎えることができたのは、僕たちを支えてくださった周りの方々のおかげです。先生方、そして親族の方々には──」
　堂々と読みあげる姿は、ため息が溢れそうなほどかっこいい。ぼうっと見惚れていた私だったけど……。
「──ただ、１つだけ心残りがあります」
　突然、言葉を止めた先輩に、辺りがざわつく。
　……先輩？
　どうしたんだろう……もしかして、セリフが飛んじゃった、とか……!?
「可愛い彼女を残して卒業するのが、心配でたまりません」
　……へ……？　……な、何……？
　今先輩……なんて言った……!?
「念のため忠告しておきますが……鈴森杏に近づけば、それ相応の処罰が下ることを覚悟しておいてください」
　あっけらかんと、笑みを含みながらそんなことを言った先輩に驚いて、開いた口が塞がらなくなった。
　体育館が、ざわつく声と悲鳴で異様な空気になったのは、言うまでもなく──。

「もう、恥ずかしくて明日から学校行けませんっ……」
　教室戻ってから、みんなにからかわれたんだからっ

……。
　うぅ……私の平和な学園生活がっ……。
「あれくらい言っとかなきゃ。杏の周りには悪い虫が多すぎる」
「な、なんですかそれ……」
「本人が気づいてないのが、一番タチ悪いんだけど」
　なぜか不機嫌な先輩に、下唇をぎゅっと噛みしめる。
　い、意味わかんない……全く……。
　でも……本当に先輩卒業しちゃうんだ……。
「この制服も……最後ですね」
　この姿の先輩を見るのも、今日で終わり。
　そう思うと、寂しい気持ちが湧き上がる。
「なに、寂しいの？」
「……はい」
「ふふっ、今日は素直な杏だ。……おいで」
　両手を広げた先輩に、ぎゅっと抱きついた。
　今さら悲しくなってきちゃった……。
「大丈夫。毎日だって会えるよ。っていうか俺が会いに行くし、休日は絶対一緒に過ごそ。約束」
「はいっ……」
　そうだよね……。
　学校じゃなくても、会える距離にいるんだ。
　お別れじゃないから、大丈夫。
「あ、あの……先輩」
「ん？」

「卒業祝い、考えたんですけど、先輩は何が欲しいのか、全然わからなくて……」
「そんなのいらないよ。っていうか、ケーキ作ってくれたじゃん」
「だ、だって、先輩はいつもいろんなことお祝いしてくれますし、私だって……」

　たくさんたくさん考えたけど、結局何も浮かばなかった。先輩の欲しいものがわからなくて……でも、何か渡したい。
　私だって、たまには……。
「……じゃあ、ものじゃなくて、１個お願いしてもいい？」
　え？　お願い……？
「は、はいっ……！」
　もちろん、私ができることならなんでも……。
　そう思って、こくこくと頷く。
　すると、先輩は口角を上げ、意味深な笑みを浮かべた。
「……先輩呼び、卒業しよう」
「……へ？」
「もう俺、杏の先輩じゃなくなるでしょ？」
「そ、それは……」
「だから、これからは先輩じゃなくて……悠牙って、呼んで」
　先輩のお願いに、息を呑んだ。
「……む、無理ですっ……」
　とっさに、そう返事をする。
　だ、だって……今までずーっと先輩呼びだったのに、そんな急に呼び捨てなんて……っ。

「お願い聞いてくれるんじゃなかったの？」
「うっ……だ、だって……」
　グイグイと顔を近づけてくる先輩から、視線を逸らした。
　お願いは聞いてあげたいけど……っ。
「……は、ずか、しい……」
　真っ赤な顔を隠すように、両手で覆った。
　まだ、私にはハードルが高いっ……。
「お願い。呼んで……杏」
　耳元で、とびきり甘い声で囁かれた。
　この声に、私は逆らえない。
　先輩は……ズルいっ……。
「…………ゆう、が……」
　今にも消えそうな声で、初めてその名前を呼んだ。
「……想像してたより、やばいな」
　先輩の声が、焦ったように掠れている。
　それに、胸が異様なほど高鳴ってしまう。
「もっと呼んで……これからは、ちゃんと名前で呼んでね？」
「……っ」
「ねぇ、もっかい言ってよ」
　もう……先輩、からかってない……？
　で、でも……私が叶えてあげられるお願いだったら、聞いてあげたいと思ってしまう。
　そう考えるくらいには……私だって、先輩の……悠牙の、ことが――。

「……大好き、悠牙っ……」
 思い切って口にした、そのセリフ。
「……それは反則すぎ」
 どうやら喜んでもらえたみたいで、恥ずかしい気持ちが少し嬉しい気持ちに変わる。
 でもやっぱり顔は真っ赤なままで、隠すように先輩の胸に押しつけた。
 すると、突然腕をつかまれ、床に押し倒される。
「きゃっ……」
 私を押し倒す先輩の瞳に熱いものが込められていて、思わず息を呑む。
「ねぇ、もう1個だけお願い。……杏が欲しいんだけど、ダメ？」
「……バ、バカッ……」
「ふふっ、いただきます」
 先輩はいたずらっ子のように笑って、甘いキスを落とした。

【END】

あとがき

はじめまして、こんにちは。＊あいら＊と申します。
このたびは、数ある書籍の中から、『愛は溺死レベル』を手に取ってくださり、ありがとうございます。

『愛は溺死レベル』少しでも楽しんでいただけたでしょうか……？
可愛いみんなのアイドル杏ちゃんと、意地悪だけど杏ちゃん溺愛な皇先輩の恋愛は、書いていてとても楽しかったです。
前半は少し先輩が意地悪しすぎてしまい、サイトで連載中のときは読者様に受け入れられるかと内心ヒヤヒヤしておりました。
後半は、たまに意地悪キャラはどこにいったんだろうと思うくらい杏ちゃんに甘い先輩でしたが、終始楽しんで書かせていただくことができました。

何度でも読み返したくなるような胸キュン小説を目指して執筆させていただきましたので、少しでも読者様にそう思っていただけると嬉しいです。

スターツ出版様からはありがたいことにこれが7冊目の書籍化となります。

こうしてまた書籍化の機会を与えていただけたのは、いつも応援してくださる読者様のおかげです。

　そして、今回の刊行にあたって、たくさんの方にお世話になりました。
　私の拙い文をご丁寧に直してくださった説話社の加藤様、額田様、三好様。
　この作品だけでなく、いつもたくさんお世話になっています担当編集の飯野様。
　そして、素敵すぎるカバーイラストを書いてくださった覦あおひ様。
　私の創作活動を一番に応援してくれる家族と親族の皆様。そしてこの作品を応援してくださった全ての方々に感謝申し上げます。

　これからも創作活動に励み、たくさんのときめきと幸せを届けられるよう頑張りますので、どうぞ応援よろしくお願いいたします。

　それでは、ここまで読んでくださり、ありがとうございました！

2018.4.25 ＊あいら＊

この物語はフィクションです。
実在の人物、団体等とは一切関係がありません。
物語の中に、法に反する事柄の記述がありますが、
このような行為を行ってはいけません。

♥
＊あいら＊先生への
ファンレターのあて先

〒104-0031
東京都中央区京橋1-3-1
八重洲口大栄ビル7F

スターツ出版（株）書籍編集部 気付
＊あいら＊先生

KEITAI
SHOUSETSU
BUNKO
野いちご SINCE 2009

愛は溺死レベル

2018年4月25日　初版第1刷発行
2018年11月9日　　第2刷発行

著　者	＊あいら＊
	©＊Aira＊ 2018
発行人	松島滋
デザイン	カバー　田附可南子
	フォーマット　黒門ビリー＆フラミンゴスタジオ
DTP	朝日メディアインターナショナル株式会社
編　集	飯野理美
	加藤ゆりの　額田百合　三好技知（説話社）
発行所	スターツ出版株式会社
	〒104-0031　東京都中央区京橋1-3-1　八重洲口大栄ビル7F
	TEL 販売部03-6202-0386（ご注文等に関するお問い合わせ）
	http://starts-pub.jp/
印刷所	共同印刷株式会社
	Printed in Japan

乱丁・落丁などの不良品はお取り替えいたします。上記販売部までお問い合わせください。
本書を無断で複写することは、著作権法により禁じられています。
定価はカバーに記載されています。

ISBN 978-4-8137-0440-9　C0193

ケータイ小説文庫　2018年4月発売

『新装版 地味子の秘密 VS 金色の女狐』牡丹杏・著

みつ編みにメガネの地味子として生活する杏樹は、妖怪を退治する陰陽師。妖怪退治の仕事で、モデルの付き人をすることに。すると、杏樹と内緒で付き合っている陸に、モデルのマリナが迫ってきた。その日からなぜか陸は杏樹の記憶をなくしてしまって…。大ヒット人気作の新装版、第2弾登場!
ISBN978-4-8137-0450-8
定価:本体630円+税
ピンクレーベル

『暴走族くんと、同居はじめました。』Hoku*・著

不良と曲がったことが大嫌いな高2の七彩。あるきっかけからヤンキーだらけの学校に転入し、暴走族"輝夜(カグヤ)"のイケメン総長・飛鳥に目をつけられてしまう。しかも住み込みバイトの居候先は、なんと飛鳥の家!「守ってやるよ」──俺様の飛鳥なんて、大嫌い…のはずだったのに!?
ISBN978-4-8137-0441-6
定価:本体590円+税
ピンクレーベル

『瞳をとじれば、いつも君がそばにいた。』白いゆき・著

高1の未央は、姉・唯を好きな颯太に片思い中。やがて、未央は転校生の仁と距離を縮めていくが、何かと邪魔をしてくる唯。そして、不仲な両親。すべてが嫌になった未央は家を出る。その後、唯と仁の秘密を知り…。さまざまな困難を乗り越えていく主人公を描いた、残酷で切ない青春ラブストーリー。
ISBN978-4-8137-0443-0
定価:本体590円+税
ブルーレーベル

『この空の彼方にいるきみへ、永遠の恋を捧ぐ』涙鳴・著

高1の美羽は、母の死後、父の暴力に耐えながら生きていた。父と温かい家族に戻りたいと願うが、「必要ない」と言われてしまう。絶望の淵にいた美羽を救うかのように現れたのは、高3の棗(なつめ)。居場所を失った美羽を家に置き、優しく接する棗だが、彼に残された時間は短くて…。感動のラストに涙!
ISBN978-4-8137-0442-3
定価:本体580円+税
ブルーレーベル

書店店頭にご希望の本がない場合は、
書店にてご注文いただけます。